岡井 隆

詩の点滅

詩と短歌のあひだ

角川書店

［目次］

詩の点滅

装幀 倉本 修
本文DTP 星島正明

詩と短歌のあひだ

「アステリスクの肖像」（塩見允枝子）／大江麻衣『にせもの』／野口あや子『夏にふれる』『くびすじの欠片』／自作「ミユンヘンの前と後」の朗読

詩としての短歌の話をはじめる前に、ごく最近、経験した詩について話してみたい。

それは「舘野泉フェスティヴァル――左手の音楽祭――祈り、夢に向かって」（二〇一二年十二月八日、東京文化会館小ホール）で発表された「アステリスクの肖像（Vocal & Piano）」といふ作品のことである。これを作つた塩見《しほみ》允枝子《みえこ》氏の解説を読んでみよう。

「肖像画のモデルとして好まれるのは、通常、風格ある人物や美貌の女性達であろう。何の変哲もない小さな＊（星印、アステリスク）などモデルになれる筈も無い。（いや、もしかしたら大小の＊で埋めつくされた絵画を描く画家もいるかもしれない。）しかし音と詞でなら、たった一つのこんな小さな記号からでも、劇的かつ詩的な肖像を描き出すことは難しくはない」

この発想自身きはめて秀れた詩を暗示してゐる。事実、舘野泉の左手のピアノによつて伴奏されながら、ヴォーカリスト柴田暦《れき》によつて朗読あるいは歌はれた言葉は（朗読術がすぐれてゐた故もあるが）そのまま、現代の詩といつてよかつた。

「アステリスク、幸いにして音《おん》読みした時の響きがいい。古代ギリシャ語に起源を持つというこの言葉は、貴婦人の風貌さえ備えているではないか！／先ずは『＊』とそれに関連する項目『アストロラーベ』や『アステロイド』についての学術的文章をできる限り集める。その中から選び纏めた言葉に、自作のテキストを絡め合わせて、意外性を持つ多元的なイメージの連鎖《れんさ》を作っていく。その過程で、種々の音が勝手に頭の中で鳴り始める」（塩見允枝子）

事実、そこには（テクストがわたしの手許にあるわけではないから、聴いた時の印象をもとに言つてゐるだけだが）近代の比較言語学や哲学や記号学からのさまざまな引用があり、また図像学的な＊《アステリスク》の複数の組み合はせに触れながら、充分抑制のきいた発声法で語られまた歌はれる一篇の詩があつた。わたしは久しぶりに一語一語に亢奮し反応してゐる自分を発見して、おどろいてゐた。作曲家の塩見氏も言ふやうに、「ナレーションとピアノの関係をどうするか？　調和的並列、リズミックな掛け合い、ソロ、同期した動きなど、二人の演奏家の肉体的疲労と音の鮮度とを考慮しながら全体の構成を練る」といつた音楽的な側面が実は主体なのであらうが、この点はわたしは、舘野泉のピアノを充分に愉しんだのであつてこれ以上なにも言へない。ただ、歌詞、詩の表現から強い刺激をうけたとのみ報告して置く。

詩と歌の衰退といつた前世紀末以来の趨勢については、誰もが感じてゐることだらう。文学、芸術が、政治や経済の動向のかげになつて目立たなくなつてゐる。しかしわたしは、たとへばこの舘野泉のコンサートの塩見允枝子の作品を聴いて、これが一朝一夕に成つたものではないことを感ずる。明治以来の、とりわけ戦後の散文詩の成熟が、背景にあつて出て来たものだと感じた。そしてさういふ動向は、わたしの知らない分野において、着々と新しい成果を挙げてゐるのかも知れない。軽軽しく文学芸術の衰退を歎くべきではないのかも知れない。

昨年（二〇一二）の九月二日、前橋市で開かれた第二十回萩原朔太郎賞の選考会では、最終候補に残つた五冊のなかで、格段に若い大江麻衣氏（一九八三年生）の詩集『にせもの』（二〇一二年、紫陽社）が話題になつた。受賞はされなかつたが、年齢から言へば中原中也賞にふさはしい大江氏の詩集が大きな論議をよんだのは、選考委員の一人高橋源一郎氏の強い推挙のことばによるところも大きかつたが、わたしは『にせもの』を読みながら、散文詩の難解さはどこから来てゐるのだらうか、と思ひ続けた。

　この詩集は、二十一篇の詩から出来てゐるが、そのうちの四篇をのぞけば、大半は書き下ろしである。結社誌などに発表したものをまとめて歌集にする短歌の場合とは大きく異なる。また発行部数一七〇部といふのも、（戦前の詩集ではふつうのことだつたが）或る種の覚悟のやうなものを感じさせてこころよかつた。中ではこれは「新潮」（二〇一〇年七月号）に発表されたといふ「あたらしい恋」を引用する。

> 考えることの長さには限界があるのでひらがなではなく漢字で／書く。この最初の字がとても好きだ。昔の辞書でも探す、彼の／うまれた時はその意味であったのだから、その意味を託されて／つけられたのだから、その意味を込められて半生を引きずって／きたのだから。字はあとからついてきた。何度も書く漢字は性的／な意味を持ってくる。これが彼の体であり存在なのだ。何度も。／最初の一画があなたの爪になる。すべて書き終えるとそこに肉／体だけが横たわっているのだ。

前半の八行はここまでである。読みながらやはり現代の散文詩の持つ読みにくさを思ふ。短歌の場合との比較をするまでもないが、かりに野口あや子の『夏にふれる』（第二歌集、二〇一二年、短歌研究社）から「麒麟麦酒の夜、あるいは、ある別れ」を読みくらべてみる。

「五限後に学生課前に集合です。盛り上がっていきましょみなさん！」（H）
Nがまたはぐれた！　という連絡がメーリングリストにて流れたり
あの冬も名駅のイルミネーションに行った感動してる真似もした
「かんぱぁいっ」と今だけだから今だからちっちゃい文字をいっぱい使え
酔ったふりしてるのにまだ頼られたキャベツも芯のほうから食べた
トラウマとつぶやいたならべたべたとレンズに指紋つけてやるのみ
わたくしを奏でるのは少しこつがある貧乏ゆすりの先輩のゆび
ピッチャーを持って近づけ、隣には女がいない、今だってA
煮過ぎたる蕪のごとくに感傷にびしゃびしゃ沈んでしまえりわれは
修辞にて野暮をごまかす術をまた考えてしまう文系なりき
このお肉うまいっすよと先輩に言いつつ独り占めするKよ
「カオス」という言葉が流行れり将棋倒し状につぶれる一年生に

こちらは二十一首あるので前半十首を挙げた。明らかに大江麻衣とは違ふ書き方だ。大学生のコンパを画いてゐるが、安心して連作の手法を使つてゐる。詞書きも使つてゐる。短歌の世界ではもう定着した手法だ。わかりにくいところは少ない。

大江の「あたらしい恋」は、恋愛譚なのであるが「彼」と呼ばれた人物は一向に具体的ではない。「考えることの長さには限界があるのでひらがなではなく漢字で書く」といふ巻頭の一行が突如としてやつてくる。あとを読むと、相手の男の姓名（あるいは名前）の文字のことらしい。「考えること」と「書くこと」のあひだには思考の「長さ」といふ要件がかかはるのか。その辺がわかりにくい。わかりにくいのを承知の上で、強引に、飛躍の多い表現をとる。読者としては、作者が省略してしまつてゐる部分を想像で補ひながら読まねばならない。作者が解き明かしてゐないのだから、読者の数だけ異なつた想像が可能なのである。「この最初の字」とは、「彼」の名前の最初の字なのだらう。その出生時にはその字は「昔の辞書」に出てゐるやうな意味だつた筈。その意味を、父母から託されて、その意味を引きずつて今まで生きて来た「彼」。その名が具体的に示されてゐないのだからそれが「性的な意味を持って」ゐるといふところはさう考へる外ないのだが。人名をあらはす漢字についての作者の見解が、そのまま詩になつてゐるわけだ。だが、肝腎のその名前をここで出してもよかつたのではないかとも思はれる。短歌の場合や、他の散文詩作者ならそれを出したかも知れない。ただ、明示しなかつたために、抽象的な人名漢字論になつて、適応の範囲をひろげたともいへる。

種明かしは、ここではしない方がよかつたのかも知れないとも思はれる。それにしても、漢字の名前に相手の肉体を感じとり「書き終えるとそこに肉体だけが横たわっているのだ」といふのは、率直な性愛の表明であり、それでゐてその表現は、通常の（たとへば恋愛小説などで用ゐられる）わかりやすい具体的な性愛描写とは違つて、思弁的であり、メタフィジカルな感じがする。この詩の後半を写してみる。「くびすじの短歌」といふ一語が、野口あや子の第一歌集『くびすじの欠片』（二〇一一年、短歌研究社）を想起させるのだが、果たして両者は関はりがあるのだらうか。

言葉をかわせば、その話がどこに到達するにせよ終わるまえに／わたしはもう、くびすじの短歌を繰り返している。恋は昔から／歌なのだからと、くびすじ、の部分をあてはまるように替えて／いくのだ。こんな恋は到底出来ない。よろこびにおどる歌詞で／は出来ない。どんなうれしさからも遠い。肉体で好きだと思っている。互いの話に興味がないのだ。でも喋りたい。声は肉体に跳ね返る。その漢字が生まれるための花のこと、その起源から流れるあな／たの仕事のこと。そのことを教えたい。と肉体が思っている。

詩はここで終る。「くびすじ」といふ当然その性感帯を想像しないわけにはいかない身体の部分が大江にとつては直接的すぎるといふのだらうか。「こんな恋は到底出来ない」とは、たとへば、野口あや子の短歌によつて表現されたやうな「恋」の否定である。そして、大江は、「互いの話に興味がないのだ」と言ひながら「でも喋りたい」といふ。

この詩に比べれば、野口の『夏にふれる』の大学生のコンパの歌は、報告的で常識臭がある。わかりやすい代りに平板とも思へるがそれでいいのか。後半から気になる歌を引いてみよう。

寒椿捩じ伏すときに滲む色みたいだRのうすい耳たぶ

辛かったとひとことと言えば手のなかで泣き上戸になるおひらきソルベ
飴玉のからからからっぽ別れても当たり前だと決めつけられる
「わかれた」は清音「さびし」は濁音で飲み屋を出ればつめたき風よ
吾のことは古語でいい、ながれながれたる麒麟の缶は海に着くのか

清音とか濁音とか、古語とか文字にこだはつてゐるところは大江の「あたらしい恋」に通ずるが、大江のやうな哲学的、あるいは抽象的な思考は、歌の中には出て来ない。両者の違ひは、明らかだといつていいのか、もう少し他の作品を両者の詩集歌集からとり出して来て読んでみる必要があらう。

わたし自身の作品のことを書いて置く。この連載では、「現代詩としての短歌」といふ線でなるべく実作を具体的に示して考へて行きたいと思つてをり、「現代詩」といふ時いはゆる詩壇の作品に焦点をあてるばかりではなく一般に「詩とはなんだらう」といふ問ひの前に、短歌を立たせてみたいのである。わたしは短歌と詩（自由詩、非定型詩）を同時に書いてゐるのだが、その行為とか、結果として出来た作品を実例として提示するつもりではない。

二〇一一年十月に、NHK学園海外研修の旅で二十名ほどの受講生と共に、南ドイツのミュンヘンから、ウルムを経てドナウ‐エッシンゲンまで、斎藤茂吉の「ドナウ源流行」のあとを辿つて旅行した。その直前に東直子さんの呼びかけで十月九日「声がつなぐ短歌」といふ朗読会に参加させてもらつて「ミュンヘンに発つ三日前に朗読した歌と詩」といふのを発表した（大竹昭子編『ことばのポトラ

ック』〔二〇一二年、春風社〕所収)。

衣更へして冷たさとなじむやうに精神も外部と親しむがいい
曇りつついささか仕事のすすむ日だ遠く鳴り出づる運動会の鐘
(注・わたしの住むマンションの隣りが武蔵野市中央公園でそこで秋の運動会が開かれたのだ)
ミュンヘンへ発つ前なのか帰国したあとなのかなあ、朝の霧ふかく
法師蟬鳴いて清めてくれてゐる此の空間をしばし捨てゆく
旅の支度といへばたのしく聞こえるが夕啼《ゆふな》きしてる椋鳥《むく》ほどぢやない
グーテン・タークなんて尻上がりに言つてみる誰も答へてくれぬと知れど
雨が降つて来たんだねつていふ声が真夜中に銀のやうにきらめく

こんな風の短歌で、日記を短歌にしたやうな歌である。同時に「三つの短い散文詩」を朗読した。「その3」を写してみる。

辺見じゅんさんの幻戯書房からぼくの『木下杢太郎伝』を出してもらふ約束だつた。辺見さんの遺志に添ふべくぼくはこれからも書き続けるだらう。

十月十五日木下杢太郎の六十七回忌の日にぼくは南ドイツは暗黒の森シュワイツ・ワルトあたり

にゐるだらう。

世界を覆ふ　ものすさまじい
落葉の、雨（リフレイン）

この時点でわたしは旅がどんなものになるのか旅のあとどんなことになるだらうといつたことは予測外のことだつた。このあとで「南独逸《ドイツ》の旅の前と後」を書いて「現代詩手帖」二〇一二年一月号に発表した。わたしの場合短歌と詩がどんな具合につながつてゐるのかは、この両者を比べればわかる筈である。

一行詩と多行詩のあひだ

杉山平一『夜学生』／田谷鋭『乳鏡』／塚本邦雄と自作詩と歌

短歌を作つてゐる人間からすると、一行の短い詩だといふ意識は片時も頭を去ることはない。短歌はその名の通り、長歌と比べて短いといふところに第一の特長がある。

もう一つの特長は、一定のリズムを持つ詩だといふことで、五音七音五音七音七音の音数の律《リズム》をもつといふことだ。これは自由詩（非定型詩）に対する、定型の詩だといふことだ。一定の律を約束した以上は、自由ではない、不自由だといふことである。敢へて、不自由を選んでゐるといふことである。

短い自由詩を挙げて考へてみよう。

途上　　杉山平一

水をのむ馬のやうに
頭を垂れて
悲哀にくちづけてゐた
私は疲れ

あまりに渇いてゐた

杉山平一は、昨年（二〇一二）九十七歳で没した、関西の詩人。戦時中に出した『夜学生』といふ詩集で知られる。右の詩も、その中の一つ。

水を飲む馬のごとくに頭《づ》を垂れてわたしは悲哀に口づけてゐた

といふ具合に、詩のはじめの三行を短歌にすることはた易い。しかし、それは右の詩とは違ふものである。当然のことだが、詩人はこの詩を五行で書かうとしたのだ。音数を算へてみると「水をのむ（五音）」「馬のやうに（六音）」「頭を垂れて（七音）」「悲哀に（四音）」「くちづけてゐた（七音）」「私は疲れ（七音）」「あまりに（四音）」「渇いてゐた（六音）」であつて、短から長へといつた多少の規則性はあるが、定型感はない。そのばらばらと言葉を並べる感じが、詩のタイトルの「途上」（人生の途上）といふのに合つてゐる。詩は、ある人のある日ある時の感情を述べたものではないのだ。人生途上にあるとはどういふことなのかを、比喩（口の渇いた馬）によつてあらはし、のんでゐるのは「悲哀」であつて「水」ではなく、馬ではなく私（人生途上にある若い人間）だといふ転換をしてゐる。しかもそれを短歌のやうな一行詩ではなく、五行の詩として成就してゐるのである。

　すると、単に、短歌は短く、この「途上」といふ自由詩はそれより長いといふだけでないことがわかつてくる。いはゆる行分けといふのが大事なのだ。一行と一行の間に時間の空白があるといふことだ。「水をのむ馬のやうに」と先づ言ひ始める。そして一旦、一息つく。頭は、水をのむ馬のイメージをうかべる。するとゆつくりと「頭を垂れて」がやつてくる。「水をのむ馬」は「やうに」とある以上、直喩として働く。水をのむ馬に似た何かをあらはしてゐる筈だと読者は考へる。そこへ「頭を垂れて」といふ描写句が入つてくる。どうやら、馬ではなく人間が頭を垂れてゐる状態だ。

四行目で、やつと、詩の主人公があらはれる。「私」即ち作者（あるいは作中主体。しかし杉山の詩を読みつけてゐる読者は、この作中主体が、およそのところ作者その人だと読んでいいことを知つてゐる）。

四行目で、人生途上にあつて「疲れ」てしまつてゐる作者が出てくる。それが三行目の「悲哀にくちづけてゐた」といふ比喩と結びつく。五行目「あまりに渇いてゐた」は、三行目を考へさせる、考へ直させる一行ともいへる。一行一行が、ゆつくりとやつてくる。短歌の五・七・五・七・七は五行の詩ではないことが、比較してみると判つてくる。短歌の場合、一つながりの一行の詩が、一定の音数の律によつて区切られてゐるだけで、句と句のあひだには「途上」のもつてゐたやうな、時間のすき間、息つくひまはない。むしろ短歌は初句から結句まで、等時拍リズム（時枝誠記）をもつて進む一つながりの言葉なのだ。

むろん、ここから、行分け短歌といふ試みが生まれることも予想できる。今橋愛とか天野慶とか、あるいは、これは印刷上の効果を考へてのこともあるのだらうが、笹公人の短歌にも、多行詩を摸した短歌がある。しかし五・七・五・七・七の各句が、五行を成す場合と、自由な長さで改行される自由詩とでは違ふところがある。

さきほど四行目五行目に来て、三行目を考へ直したといふことを言つたが、「私」は疲れてゐたのであり、何かに渇ききつてゐたといふのは、新しい意味が、四行目五行目へ来てつけ加はつたといふことを指してゐる。「渇き」も「疲れ」も、いつてみれば、人生途上にある青年の心奥の問題であり、実際に口が渇いてゐたわけではなかつた。渇望といふ言葉の方が似合ふやうな、魂の渇きだつたからこそ、本来のむべきではない「悲哀」の泉に口づけてゐたのである。さういふ風に、行分けの詩では、意味が反転して帰つてくる。

比較として短歌を挙げるなら、たまたまわたしの読んでゐた『乳鏡』(田谷鋭、一九五七年、白玉書房)から挙げてみたい。

水の中に泛《う》けつつ豆腐切るさまをわれは見守る赤児いだきて

『乳鏡』は、わたしたちにも大きな影響を与へた戦後の名歌集の一つであるが、このごろ話題にならないのは残念だ。この歌は、作者が、豆腐を買つて来て、といはれて「赤児」を抱いて豆腐屋さんへ来てゐるところだ。

初句が六音になつてゐるだけで定型詩であるのは当然で、しかし第五句(結句)へ来て状況がはつきりするのは、多行詩が終りへ来て新展開するのに似てゐる。しかしわたしたちは、これを五行詩として読むのでなく、一行の詩として読み、初句から結句まで一気に読んで、それから一つの情景を思ひうかべるのが常である。

昏れ方の電車より見き橋脚にうちあたり海へ帰りゆく水　　田谷　鋭

当時話題になつた右の歌もさうである。初句二句では作中主体（作者）がなにを見たのかは明示されない。ただ夕方の電車の中から何かを見たことだけが言はれてゐる。そして何を見たかは、下の句によつて示されるだらうことが、短歌の常識として判つてゐるから読者は、ひそかにそれを予想するのだ。多行詩のやうに、新しい要素が、約束もなしに、あとから出てくる構造とは違ふのである。

塚本邦雄の短歌は、詩（多行詩）の味に近いと思はれてゐるかも知れない。

乳房その他に溺れてわれら存《あ》る夜をすなはち立ちてねむれり馬は　『水銀傳説』

初句が七音化してゐる点は、塚本の場合は一つの発明でもあつたし、多くの人が模倣したところであることはよく知られてゐるからここでは問題外とする。この歌でも、上の句の「われら」の夜と、下の句の「馬」の夜の眠りが対比されてゐるのは明瞭で、短歌の場合上の句対下の句の対応（場合によつては初句二句の五・七と、三句以下の五・七とが対応する）が、構造の上では、そこに重点がかかつてゐる。この二つの部分の対応に、どのやうな工夫をこらすかが、作者の工夫といふことになる。かといつて、これは二行詩ではない。一行の詩の二つの部分の対応だ。一首を終りまで読んで初めて二つの部分の対応に気がつくのだ。

ずい分長い間、わたしは木下杢太郎といふ詩人に執着して来た。わたしが歌人であるからといふより、ある時点まで、医師・文人であつたことの方が、理由としては大きいのかも知れない。その詩（『食後の唄』一九一九年、アララギ発行所）の中でも、短歌のもつ一種の歌謡性にそつくりと思はれる詩を出していつか論じてみたいと思つてゐるが、今回は、杉山平一の詩の平易で典型的な多行性にこだはつてみたい。

杉山平一の詩を、もう一つ出してみる。

金貨　　　杉山平一

私の父　私の母

両側にそびえた樹が
頭上で互の枝を組みあわせ
私は木洩日の金貨を
ひろってあるいていた　と
落葉のしとねを踏みながら
いま　私は思うのです

『木の間がくれ』といふ戦後の詩集の中の一篇だ。だから、表記も新カナだ。現代詩といふとすぐ〈難解さ〉が言はれるが、杉山の詩は、その点、わかりやすいやうに、一見、見えるが、よく読むとさうばかりではない。「金貨」といふタイトル、これも、自由詩のタイトルの出し方の特長とも言へるだらう。

杉山平一の「金貨」を見ると、この作者が、こまかな事実関係は全部捨て去つて、始めから「私の父　私の母」と「私」との間柄を、比喩によつて——それも自然界の光景の比喩によつて大づかみに、描かうとしてゐることがわかる。

父と母は、いはば自分の「両側に」「そびえた樹」のやうなもので、しかも、父の樹と母の樹は、作者の頭上で組みあはさつてゐる。そんな、理想的な父母なんてあるのかと思ふが、杉山の場合はさうだつたのだ。そしてこの二本の樹のあひだからは「木洩日の金貨」がふつてゐたのだ。作者はその「金貨」を拾ひながら成長し、「あるいていた」のだといふが、それはその時さう思つたのではなかつたことが、最終の二行でわかつてくる仕掛けである。

「落葉のしとねを踏みながら」とは父母がもう亡くなつたあとを指すのだらう。樹は「落葉」を降らし、その落葉を踏んで作者は歩く。五行目の「と」といふのは、七行目の「思うのです」と連結して、意味をなす。「金貨」は、いはば、あとからの後悔とか反省をふまへたタイトルなのである。一行一行は、そのことをかくしたまま進んで、最終行ですべてが明かされる。それでいいのである。

短歌の場合、前回にちよつとわたし自身の書く詩と短歌の違ひに触れかけて中途半端だつたが、あのドイツ旅行の詩は、対《つい》となる短歌を持つてゐた。そのタイトルは「南独逸《ドイツ》の旅の前と後」といふ、芸のないタイトルで、作品の生じた旅行の名前である。「途上」だの「金貨」だのといふ、シンボリックな、比喩的なタイトルはつけてゐない。作品も素朴だ。

二〇一一年十月十二日　スイス航空機中。
吐く息の白きドイツへ半日で行ける〈本当はどこへ行くんだ？〉
今、モスクワ附近上空か。ふかいなあ世界は。
奇妙だがこころの行き先はきまらないドナウの淵源へと行く旅の
旅の前のあわただしかつたこと。
なにもないつてかういふことだと知るときに冬芽ふくらむそのあとの春

こんな風に続いていく。詩では旅のまへとあととを詩化したが、短歌では旅程の細かいことを比喩を使ひながら書いてゐる。わたしの「南ドイツの旅のあとさき」も、多少複雑な構造を与へた一連だ。その点は、旅の前後を、詩に書いて置いて、その中の空洞を歌で埋めたといふ形をとつてゐる。

短歌（連作）は日記の形をとりながら、当時、懸案だつた「原発」問題にふれていくつも感想をのべてゐた。

お城の広い庭には白鳥も雁も鶺もゐて寄つて来た。

自らを〈意外に〉知らぬものだといふ自責はシベリア上空に生《あ》る

といつた形であつたりした。
それは、詩の方では、

青空から降りて来たみたいな　その
強力な一人に従ひたい
昔むかし読んだ「指導と信従」ってことば
個として信じられる偉《おほ》きな一人に従ってゆきたい

といつた指導者希求につながるだらう。

詩と短歌は、ほぼ同時に書かれつつ互ひに補完関係にあるといふのが、わたしの場合の現実だつたのだ。

かな遣ひの話　詩と歌と句のかな遣ひ／吉原幸子「無題《ナンセンス》」／若い歌人永井祐、内山晶太、山田航の歌

1 「詩歌のかな遣ひ――「旧かな」の魅力」

最近、おもしろく読んだのは、かな遣ひについてのシンポジウムの記録「詩歌のかな遣い――「旧かな」の魅力～豊かな表現を求めて　日本現代詩歌文学館　開館20周年記念シンポジウム②」といふパンフレット（全93頁、日本現代詩歌文学館振興会、二〇一一年三月二十三日発行）であつた。

シンポジウムのパネラーは、武藤康史（一九五八年生）、松浦寿輝（一九五四年生）、永田和宏（一九四七年生）、小川軽舟（一九六一年生）の四氏で、司会は、館長の篠弘（一九三三年生）。武藤氏（評論家）を除けば、三人は詩人、歌人、俳人で、実作者である。因みに、このシンポジウムは二〇一〇年十月三十一日に日本現代詩歌文学館講堂で行なはれた。

タイトルが「かな遣ひ」となつてゐないし、シンポジウムの発言記録も新かなで印刷されてゐる。さういふところも、今の新旧かな遣ひ論議の実態を示してゐておもしろい。

小川軽舟の言ふところをかいつまんで紹介すると「俳人協会と現代俳句協会とでは、前者が伝統的な作り方の人が多く、だいたい八、九割は旧かなではないかと思はれる。現代俳句協会は、金子兜太に代表されるやうに前衛的で比較的現代かな遣ひが多い」といふことである。「現代詩、短歌、俳句といふ三詩型を並べたときに、俳句がいちばん旧かなの比率が高いかなと思ひます」と軽舟は言ふ

（注　わたしは引用の部分も、皆旧かな表記にかへてゐる。念のため）。篠弘は、軽舟の発言を受けて「このことは一般には意外に知られてゐないかもしれません」と付言してゐる。

忽ち、「どうしてなのか？」といふ疑問が湧いてくる。なぜ、詩歌の世界でも、あまり知られてないのだらう。

この議論に入る前に確認して置く必要があるのは、新・旧かな遣ひは、それほど大きな違ひがないので、一時歌壇で問題にされた時のやうなイデオロギーの対立は、今ではなくなつてゐるといふことである。この点は、『旧かなづかひで書く日本語』（萩野貞樹、二〇〇七年、幻冬舎新書）のやうな、啓蒙書をひらけば誰でも納得するだらう。

永田和宏がこのシンポジウムの中で言つてゐるやうに、歌壇には、歌壇特有の敗戦トラウマがあつて、第二芸術論（端的にいへば、ジャンルとしての短歌滅亡論——滅びるであらうといふ予測ではなくて、滅ぼすべきだといふ世論）の後遺症としての新かな派の興隆といふか正統化が長く続いたといふことがあり、今その悪夢から覚めて、旧かな派がどんどん増えて来た。

「私が主宰（「塔」の）を引き継いだ後で、新旧どちらでもいい、といふ形にしたんですね。その最初は十パーセントぐらゐが旧かなのポピュレーションだつたんですが、五年ごとに十パーセントぐらゐづつ旧かなのポピュレーションが上がつてきて、今や半々ぐらゐ、半分を越してゐるかもしれませんね、旧かなの方が」（永田）

「歌壇ではだいたい六割から七割、六割前後は旧かな遣ひかな、とそんな状況ですね」（篠）

各ジャンルの歴史がおのおの違ふといふことは、自明の理のやうに語られてゐるが、実はこのことも、不思議といへば不思議なのだ。一九四五（昭和二十）年八月の日本の敗戦とは、つまり政治の上の、社会の事件であり、歴史といつても一国の政治上の事件だ。直接、文化あるいは芸術とか文学においで起きたわけではない。それなのに、桑原武夫の「第二芸術」は、先づ、俳句といふジャンルを攻めた。次いで、臼井吉見は主として短歌をきびしく攻めて、民族の知性変革のためには、短歌を作るのを止めねばならないと説き、多くの人の共感をえたわけだ。更に、自ら詩人であり詩のジャンルに住む小野十三郎が、短歌的抒情（内容のはっきりしないことばだ）を否定して、多くの詩人の喝采をうけた。

三つのジャンルの、敗戦といふ政治的事件のうけとり方の違ひの方が興味深いのであって、三つのジャンルの、敗戦後の「かな遣ひ」の動向もそれに基づいてゐるとすれば、政治史と文学史の交叉するところが、三つのジャンルで違ふことの方が、よほど本質的な問題ではないのか。かな遣ひの問題は実はそこから派生した副次的問題なのではないか。いろいろ言はれながら、歌人同士で案外平気な顔で、新旧を使ひ分けたりしてゐるのは、そのためではないのか。現にわたしなども、短歌は旧かなだが（一九七五年に、新かなをやめて旧かなに復したのだが）、評論とか評伝とかは、今でも新かなで書いて、「未来」にのせてゐる。

2　吉原幸子の詩の旧かな遣ひ

話が、展開しないので、ここで話題をあらためよう。

今の「詩歌のかな遣い」といふパンフレットで詩人の松浦寿輝は、次のやうに言った。

「この詩のジャンルでも戦前は旧かな遣ひで書かれてゐたわけですね。北原白秋、萩原朔太郎、三好達治、宮沢賢治とか（略）ところが、戦後、新かなの制度になつて以降はそのまま流される感じで、すんなり新かなの汎用化に移行してきた、といふのが現状だと思ひます」（松浦。表記は変更した）

「制度」といふことばで、一九四六（昭和二十一）年十一月十六日付で内閣訓令によつて公布された「現代かなづかい」（新かな）のことをよんでゐる。政府（国家）が訓令として出したものを、マス・コミならびに教科書が採用したために、制度化し、「そのまま流される感じで、すんなり新かなの汎用化に移行」したといふことである。これは、俳人、歌人の中に入つてかな遣ひを論ずる場所に居るためもあつて、きはめて客観的といふか、よそごとめいて（ややカルカチュアライズした言ひ方で）言つてゐるのはいふまでもない。

ところで、ここで、松浦は、さうした流れの中でも、入沢康夫、那珂太郎のやうな旧かなを維持してゐる詩人と並べて、吉原幸子の名を挙げてゐる。たまたまではあるが、今年（二〇一二）二月号の「現代詩手帖」は「吉原幸子の世界」を特集してゐる。その中の「吉原幸子代表詩選」のはじめに「無題《ナンセンス》」といふ詩が出てゐる。これを引用して味はつてみよう。

風　吹いてゐる
木　立ってゐる
ああ　こんなよる　立ってゐるのね　木

引用しはじめて、すぐに「おや」と思ふ。たしかに「ゐる」とわ行の使用は旧かな流であるが、

「立って」の「っ」（促音）の小字化は守つてゐる。

促音は辞書によると「語中にあつて次の音節の初めの子音と同じ調音の構へで中止的破裂、または摩擦をなし、1音節をなすもの。『もっぱら』『さっき』のやうに『っ』で表す。また、感動詞『あっ』の『っ』で表す音のやうに、語末で急に呼気をとめて発するものにもいふ。つまる音。つめる音。促声」とある。つまり、書きことばではなくて話しことば、音声学的な要望が促音を生んで、この表記を生んだのである。吉原幸子の場合、「いる」を「ゐる」と書くのはどちらも、音声としてはIRUであるから区別の必要はないのに「ゐる」とするのは、文字表記の歴史に素直に従つてゐると同時に、「ゐ」といふ文字へのごく個人的な好みによるものではないかと思はれる。つまり、理窟ではなく、感情による選択（あるいは、吉原さんは一九三二年生まれで、戦前の教育をうけて、旧かなから出発してゐることを考へれば、新かなを択ばなかつたといふことで、選択といふより非選択・守旧）によるものと思はれる。この「無題《ナンセンス》」といふ詩は、一九六四年に出た詩集『幼年連禱』（一九七六年、思潮社）に入つてゐる。三行目（今引用した最後の行）のあとに、一行空けて、

風　吹いてゐる　　木　立ってゐる　音がする
よふけの　ひとりの　浴室の
せっけんの泡　かにみたいに吐きだす　　　にがいあそび
ぬるいお湯
なめくぢ　匍ってゐる

浴室の　ぬれたタイルを
ああ　こんなよる　匍ってゐるのね　なめくぢ
おまへに塩をかけてやる
するとおまへは　ゐなくなるくせに　そこにゐる

と続く。このあと、詩は、なめくぢの在と不在にからめながら、作者自身の感想「おそろしさとは／ゐることかしら／ゐないことかしら」といふ、存在論的な問ひかけに入っていく。ここのところが、この詩の中核部分のやうに見える。とすると「ゐること／ゐないこと」と書くことと、「いること／いないこと」と書くことの間の差は、かなり大きいやうに思へる。つまり、かな遣ひは、二つの制度のあひだの選択であるよりも、「い」といふ文字と「ゐ」といふ文字の、主として視覚的な差、それに対するわれわれ読者の感性的な感受といふことの方が大切だと思はれてくるのだ。詩の残りを書き写して、読者の参考に供したい。

また　春がきて　　また　風が　吹いてゐるのに
わたしはなめくぢの塩づけ　　わたしはゐない
どこにも　ゐない
わたしはきっと　せっけんの泡に埋もれて　　流れてしまったの
ああ　こんなよる

3 若い男の歌人たちの話

最近、『日本の中でたのしく暮らす』（永井祐、二〇一二年、BookPark）、『さよならバグ・チルドレン』（山田航、二〇一二年、ふらんす堂）、『窓、その他』（内山晶太、二〇一二年、六花書林）の三冊を読んでゐて思つたのは、この三人の中では山田氏だけが旧かなで書いてゐることだ。ところが、この三人を読んでゐて、あまりかな遣ひの違ひが目立たないのを感じた。「ゆふぐれの時計展」といふ一連から引用してみる。

風がさらふ雪を見ながら抱き合つたdocomoショップの光を浴びて　山田　航
それでも僕は未来が好きさしんしんと雪降るゆふぐれの時計展
後ろから「待つて」と君にマフラーを引つ張られつい新雪を踏む

「さらふ」の「ふ」。「抱き合つた」の「つ」。「ゆふぐれ」の「ふ」。「待つて」の「つ」。「引つ張られ」の「つ」。これらは、たしかに旧かなの約束を守つてゐるが、どこか、ファッションのやうな感じで使はれてゐる。正しいといふよりも、美しいといふ感じで使はれてゐて、わたしは愉しい気分になる。さうした外装のことよりも、歌のリズム（たとへば句またがりの効果）なんかが目につく。二首目でいへば「それでも僕は」七音・「未来が好きさ」七音・「しんしんと」五音、しかし撥音（ん）が二つ入る。「雪降るゆふぐれの時計展」、これは句またがりで「ゆふぐ」までが第四句、「れの…」以下が第五句である。

かうした、定型の音数律を、意味によつて揺さぶつてゐる。わたしが一九六三年、三十五歳のときに発表した「短歌論——韻律論をめぐる諸問題」（『短詩型文学論』——金子兜太との共著。紀伊國屋新書）の定義によれば「等時拍リズムの干渉因子」の一つとして、意味のリズムがある。また、句またがりのやうな、散文化による音数律への干渉もある。そちらの方が、旧かな表記のことより、歌の読みについては、大きな問題となつてゐる。

この歌の内容としては、「時計展」といふのがおもしろい。昔から時間を測るために用ひられた時計の、東西古今にわたる展示が「しんしんと」（ありふれたオノマトペだが、効果はある）雪の降る夕暮れ（いな、「ゆふぐれ」）に開かれてゐる。おそらくほとんど見にくる人のないだらう夕暮れに、時間を測る道具ではあるが、むしろその意匠がおもしろい展示を見に来てゐる。その時に、時間の中の一部に違ひない「未来」に言及してゐる。「それでも」といふことわりは、過現未のうちの「未来」が好きだといふのには、ある種の勇気と決断がいることを示しつつ、「それでも僕は」といふ語順といふか、文体のしやべり口調が、本気だかジョークだかわからないほどに軽く、歌はれてゐる。雪といふ素材は、作者が札幌在住の人であると思へば、また格別のものだらう。三首目の新雪とかといふのは、結構、一種の風土性を帯びてゐるのがわかる。

今回は、かな遣ひ問題について俳句、短歌、詩の各ジャンルの現状から、この三種の詩器（吉本隆明の用語）の間の違ひは、根が深いといふことを言つて来た。そして、短歌の場合は若い男性歌人三人の中でひとりだけ旧かなで書いてゐる山田航の歌に辿りついた。永井祐についてはＮＨＫ学園「短歌春秋一二五号」に書き、内山晶太については、「季刊文科」の五十九号に書いた。尚、「サライ」の近号にはインタビューの形で、永井氏と米川千嘉子さんの『あやはべる』（二〇一二年、短歌研究社）について話した。次へ話を継ぐことも可能である。

荒川洋治の「口語の時代はさむい」

三好達治『測量船』／荒川洋治『水駅』「見附のみどりに」

わたしは、昔から、多行詩つまり長い詩を読んでゐて、その中の一行に衝撃をうけてそれを記憶してしまふことがあつた。その一行以外のところは、あいまいに覚えてゐても、明確に暗誦することができない。

三好達治の『測量船』でいふと、誰でも知つてゐるのは、

雪　　三好達治

太郎を眠らせ、太郎の屋根に雪ふりつむ。
次郎を眠らせ、次郎の屋根に雪ふりつむ。

といふ二行詩であらう。まことに単純明快な詩と思ふかも知れないが、この「太郎」「次郎」は誰のことなのだらうか。作者はこの場合、どこに立つてゐるのだらうか。

そんなこと考へる必要はないといふ意見もあらうが、この詩を読んだとき、当然誰でもそのことは、ごく当然のこととして納得してゐた筈なのである。雪のふかい、雪国の村で、「太郎」の家、「次

郎」の家に代表されるいくつかの家の屋根に雪が降りつむ景色がある。太郎とか次郎といふのは人名といふより一般名みたいなもので、あの子の家にもこの子の家にも雪が降りつむありさま、そしてその家の屋根の下では、子供たちがぐつすりと眠つてゐる。雪のふかさと、眠りの深さが通じ合つてゐる。静かで、豊かな世界を自然と人間とが、共同して作りあげてゐる。この二行はさういふ世界を幻想した詩句ともいへる。だから、多くの人の記憶に残るのだ。

『測量船』には、これも著名な、

　　春の岬　　　　三好達治

春の岬　旅のをはりの鷗どり
浮きつつ遠くなりにけるかも

といふ詩がある。形は短歌型式であるが、これも二行詩として書かれてゐる。一行詩ではない。「旅のをはりの」の「旅」は、作者の旅がそこで終つてゐるやうにも思へるし、鷗の旅がそこで終つてゐるともとれる。

『詩歌の近代』（一九九九年、岩波書店）は、わたしの書いた現代詩歌論で、総論的な解説を多く含むもので、その後の『岡井隆の現代詩入門』（二〇〇七年、思潮社、詩の森文庫）に先立つものであるが、短詩と長詩のあひだの関係について、次のやうにのべてゐた。この時、例にとつたのは、田村隆一の

「秋」（詩集『四千の日と夜』所収）といふ詩であつた。

「わたしは、この『秋』といふ詩を、それ以来何度となく読みかへした。しかし、この詩はわたしにとつて、『秋』の詩でもなければ、『演奏会』の詩でもなかつた。『雨』の詩なのであつた。傷ついて、『新しいガアゼ』の匂ひもいちじるしく、繃帯をして『不眠の都会を』曲つてすぎて行く『雨』の詩なのであつた。

かうした読詩体験からとり出されて来ることは何であらうか。

詩は、すべて短詩に分解されて読まれる。

詩は、すべて短詩（短章）を材料にして組み立てられてゐる。

といふことはいへないだらうか。わたしが長く短歌を作り続け、読み続けて来た歌人であるからかういふ断定をすることになつたのであらうか」

かう自問した上で、わたしは次のやうな、ある意味では大胆、ある意味では独断的な結論に到達してゐた。

「わたしには、どうも、さうは思へないのである。何か、日本語の一番すぐれた特質が、短詩の成立を可能にしてゐるやうに思へるのだ。近代百数十年を見渡してみて、長詩――特に長篇叙事詩として成功したものは、ほとんどないのではないか。長詩は、結局、成功を求めるとき散文（小説や評論）へ行く。そのかはりに、近代の短詩にはすぐれたものが、ひしめき合つてゐる」

前世紀末にわたしはこんな風の結論を書いたのだつたが、特にこの点について、反論もないかはりに、賛成する詩人や歌人があつたわけではなかつた。

今度、わたしの『岡井隆詩集』が、「現代詩文庫」の二〇〇番として出版された機会に初期の「現代詩文庫」をなつかしく読み直してゐるうちに、自分より年少の詩人のなかでは、やはり荒川洋治氏と辻征夫さんから受けた影響が大きかつたのをあらためて実感して、読み直してみたくなつた。例の「口語の時代はさむい」といふ、アフォリズムめいた一行で有名になつた一篇で、詩集『水駅《すいえき》』（一九七五年、書紀書林）に入つてゐる。「見附のみどりに」といふタイトル。

見附《みつけ》のみどりに　　荒川洋治

まなざし青くひくく　　（音数四・三・三）
江戸は改代町への　　（三・八）
みどりをすぎる　　（四・三）

六節三十四行の詩だが、「口語の時代はさむい」は最後の第六節に出てくるので、本来ならそこばかり有名になるのは奇妙なのだが。もうここまでだつて「まなざし」は誰のそれなのかとか青いまなざしつて何だとか、普通の、何かを伝達し描写する日本語とは違ふ言葉づかひが出てくる。「見附」は赤坂見附など、江戸以来の地名。

はるの見附　　（三・三）

個々のみどりよ　（七）
朝だから　（五）
深くは追わぬ　（七）
ただ　（二）
草は高くでゆれている　（七・五）

妹は　（五）
濠ばたの　（五）
きよらなしげみにはしりこみ　（四・四・五）
白いうちももをかくす　（三・五・三）
葉さきのかぜのひとゆれがすむと　（七・八）
こらえていたちいさなしぶきの　（六・八）
すっかりかわいさのました音が　（四・十一）
さわぐ葉陰をしばし　（七・三）
打つ　（二）

やうやく詩の中心部分があらはれて来た。これは妹と兄の小さな物語なのであつた。それも、江戸由来の濠ばたのしげみに走りこんでしやがみこみ、こらへてゐた排泄をはたすときの、兄から見た妹の「すっかりかわいさのました音」などといつた表現から、その年齢も想像できる妹の、ある一場面を、想像によつて描き出したとも思へるが、一体これは荒川洋治といふ作者の体験とは、どうかかはつてゐるのだらうか。それは、すべての詩を、〈私詩〉（私小説、などといふときの私の関与を重視する〈私性〉の文学）として読んでいいものなのだらうか。ともかく後のところを読み進んでみよう。

かけもどってくると
わたしのすがたがみえないのだ
なぜかもう
暗くなって
濠の波よせもきえ
女に向う肌の押しが
さやかに効いた草のみちだけは
うすくついている

夢をみればまた隠《かく》れあうこともできるが妹よ
江戸はさきごろおわったのだ
あれからのわたしは
遠く

ずいぶんと来た

いまわたしは、埼玉銀行新宿支店の白金《はっきん》のひかりをついてあるいている。ビルの破音。消えやすいその飛沫。口語の時代はさむい。葉陰のあのぬくもりを尾けてひとたび、打ちいでてみようか見附に。

第四節までが兄と妹の見附物語であつて、第五節では「妹よ」とよびかけながら「江戸」はさきごろ終つて、つまり「文語の時代」は終つて、そのあと、明治維新を一八六八年とすれば、荒川洋治は、その百年後一九六八年三月に、郷里の福井県坂井郡新保村（現、坂井市三国町新保）から上京して、早大文学部に入学した。その年は、偶然、「現代詩文庫」の第一巻が刊行された年であつて、かれの第二詩集『水駅』は、一九七五年に出てゐる。

「あれからのわたし」とは、近代日本人自身であると同時に、荒川自身のことでもある。妹との濠のそばの一場面は、郷里における体験を、想像力によつて、ぐいとばかり、江戸は見附（辞書によれば「枡形を有する城門の、外方に面する部分。番兵の見張る所。江戸城は世に三十六見付と称するが、現存するものは四谷見附・赤坂見附・牛込見附など」）といふ、場所、ミツケといふ語音のところへ持つていかれてゐる。

そして、肝腎の「口語の時代はさむい」が出てくるのは、一転して、第五節の行分けの詩から、句読点入りの散文詩へとなる、それこそ、夢を破るばかりの新宿の銀行のまはりの工事音が砕けて散る、現代の東京である。

第四節では「女に向う肌の押し」といふ、エロスをただよはせた詩句が出てくる。「白いうちもも」といふ描写もあつた。兄が見てゐる成熟した妹の女の肌である。「女に向う肌」とは成熟した女へと向かつてゐる妹の肌であり、その肌が、見附のみどりの草むらを押しつけたあとが、うつすらとそこに残つてゐるのである。ここには、成熟した男の目が、そこに「見付」けた、成熟しつつある女の肌があり、その肌が、みどりの草に跡をつけてゐるのである。としたらこの場面は、擬似的には近親相姦《インセスト》をはらんでゐる場面なのかも知れず、それが、時代を、近世へとひろげてゐるとなると、この詩の射程距離は長い。

はたしてこの詩を、

口語の時代はさむい　（四・四・三）

といふアフォリズムによつて、記憶するだけでいいのか。わたしが、すべての多行詩は短詩に分解することができる、といふ実例として、適切だつたかどうかは、今、また疑問になつて来てゐるともいへる。

わたしが、『詩歌の近代』で例示したのは、たとへば、島崎藤村の「千曲川旅情の歌」が一番の「小諸なる古城のほとり／雲白く遊子悲しむ／緑なす繁蔞《はこべ》は萌えず／若草も藉《し》くによしなし／しろがねの衾《ふすま》の岡辺／日に溶けて淡雪流る」によつてのみ記憶されて行くことを挙げたのであつた。

さうした短詩へ分解して記憶するとなると、この荒川洋治の「見附のみどりに」は、どうなるのだらう。

兄と妹の、小さなエピソードではあるが、肌もあらはな排泄の場面である。この詩のはじめのところでは、「まなざし青くひくく／江戸は改代町への／みどりをすぎる」とあつて、それは作者の「まなざし」の物語であることをも予兆してゐる。そして「はるの見附」と、春季であることも言つてゐた。さらに、「朝だから／深くは追わぬ」と、時刻も限定してゐた。そして、妹が登場するのである。

多行詩であり、それをいくつかの節に分けて構成してゐるからこそ、この場面からあの場面への移行も可能なのではないか。

はたしてかうした場面の転換が、たとへば短歌や俳句の連作（あるいは連句）によつて可能なのだらうかといへば、かなり大きな、多行の詩の長所が、ここには見えてくる。これを、短詩に分解して記憶するだけでは全体を紹介することは無理なのではないか。

まして、「口語の時代はさむい」（これは口語――つまり言文一致指向の、話しことばが優先の詩に対する、漠然とした否定の気分、をあらはしてゐるのではないかと思へるが）といふやうな、漠然とした感想だけで、この一篇の、近世から現代までを包括しつつ、中にはインセストのまなざしさへ含んでゐるやうな、複雑な詩を、代表させることができるのかといへば、かなりむづかしいことになる。

前回までに示した杉山平一や吉原幸子などの詩のわかりやすさとは、また別次元の領域に入つてしまつたことを、荒川洋治は、示してゐるともいへさうだ。

岸田衿子から『旅人かへらず』まで

岸田衿子「南の絵本」／大江丸の句／松村由利子の歌／西脇順三郎『旅人かへらず』

短い詩を短詩と呼んでもいいが、長い詩とどこが違ふのだらうか。短歌と長歌の違ひと同じやうなものだと割り切ってしまっていいのか。まづは実例に当ってみよう。岸田衿子の『いそがなくてもいいんだよ』（一九九五年、童話屋）の中から「南の絵本」をとり出してみる。この本は、岸田衿子のいくつかの詩集から「童話屋」が選集を作ったもので、原本の詩集については、四行詩（定型詩である）を話題にするときにとり上げるつもりだが、まづは、詩を引用する。

南の絵本　　　岸田衿子

いそがなくたっていいんだよ
オリイブ畑の　一ぽん一ぽんの
オリイブの木が　そう云っている
汽車に乗りおくれたら
ジプシイの横穴に　眠ってもいい
兎《うさぎ》にも　馬にもなれなかったので

ろばは村に残って　荷物をはこんでいる
ゆっくり歩いて行けば
明日《あした》には間に合わなくても
来世《らいせ》の村に辿《たど》りつくだろう
葉書を出し忘れたら　歩いて届けてもいい
走っても　走っても　オリイブ畑は
つきないのだから
いそがなくてもいいんだよ
種《たね》をまく人のあるく速度で
あるいてゆけばいい

全部で十六行の詩である。短いといへば確かに短いが、十七文字の俳句や三十一文字で完結する短歌に比べれば、結構長い。

この詩は、ごく一般的な処世訓あるいは人生訓のやうにもとれるから、わたしは毎日ある新聞の朝刊に載せてゐるコラムに、この詩を引用して、次のやうな注釈を加へたことがある。

「『いそがなくたっていいんだよ』と『オリイブ畑の　一ぽん一ぽんの／オリイブの木が』言っている。『走っても　走っても　オリイブ畑は／つきないのだから』と。『種をまく人のあるく速度』というのがいいのだ。『ゆっくり歩いて行けば／明日《あした》には間に合わなくても／来世《らいせ》の村に辿《たど》りつくだろう』。」（「中日新聞」一九九九年一月三十一日「けさのことば」）

ここには「来世」といふ言葉が出てくる。詩の全てを知らない、新聞の読者は、どうして死後の世界が出てくるのか不思議に思ふかも知れない。

当然、この詩は（たとへ最後の三行だけをとつてみても）一般的な処世訓ではなくて、作者自身が、自分に向かつて言ひきかせてゐる言葉とうけとるべきなのである。そこで作者のことを調べてみよう。

「岸田衿子　昭和四年（一九二九年）生。詩人、放送作家。東京生れ。東京美術学校（現・東京芸大）卒。岸田国士《くにを》（小説家、評論家、翻訳家。一八九〇―一九五四年）の長女。俳優岸田今日子の姉」といふ解説がある（『日本近代文学大事典』）。放送詩劇（ラジオの時代だらう）によつて放送イタリア賞を受けたとも書いてある。

この詩でも、大根畑でも白菜畑でもなくて「オリイブ畑」が出て来るし、「ジプシイの横穴」（ジプシイは今でいふロマである）とか、比喩として出てくる動物は兎、馬、ろばであつて、どれも、ヨーロッパの空想の村の景色を物語のやうにとり入れてゐるのがわかる。つまりこの詩の中の景色は、詩人の身辺にひろがる日本的風景とは違つてゐる。詩性《ポエジー》とか詩的とかいふときに、われわれは、しばしばそこに西欧の自然や風俗を（むろん書物や映像によつて知つたそれであるが）もち込んでくるといふのはなぜだらう。日本の近代文学の、とり分け小説や詩の領域にこのことが目立つといふのは、おもしろいことだ。異国趣味、エキゾチシズムと呼ばれるあれである。

岸田衿子は、二〇一一年四月、八十二歳で亡くなり、この「南の絵本」が載つてゐる詩集『あかるい日の歌』（青土社）は一九七九年に刊行されてゐるから、五十歳の時の詩集だ。作者が、自分に対して「いそがなくてもいいんだよ」とそつと呼びかけてゐたとして、その齢は四十代終りか、五十代初め、「来世」といふやうな想念が、たとへその時、作者にたえず浮かんで来たとしても、作者が死を迎へるまでには、なほ三十年の歳月があつた。

同じく短詩ではあつても、俳句になるとどう変るかを、同じ一九九九年の「けさのことば」でわたしが選んでゐるのを二、三並べてみることにする。これは、全くの偶然からわたしの目に入つたものであるが、それだけに余計に比較がなだらかに行なはれるかも知れない。

うさぎ煮て橇《かんじき》の音きく夜かな　　大江《おほえ》丸《まる》

わたしはこれを有朋堂版、一九一八（大正七）年刊の『名家俳句集　全』といふ古本から引いてゐた。作者の大伴大江丸は、近世後期の俳人（一七二二―一八〇五年）で、本名安井政胤《まさたね》、大阪の飛脚問屋の主人で、俳諧は余技だつたさうであるが、俳歴は長く、蕪村に私淑し、独特の軽妙自在な作風だと丸山一彦は説いてゐる。『俳懺悔《はいざんげ》』はその著書だ。

この句につけた、わたしの解説は「かんじきは、雪の上を歩く時すべりどめなどのため沓《くつ》の下に履くもの。うさぎは今年（注、一九九九年）の干支《えと》だが、昔は重要な動物性蛋白源だった。うさぎの肉を煮ながら、外の雪の上を歩く人のかんじきの音をきいている。冬の夜の情景がうかんでくる」（一九九九年一月二十五日）となつてゐる。まことに、ここには、岸田衿子にあつた濃厚なエキゾチシズムなど、うの毛ほどもない。近世の日本人の生活の中の詩であつて、「兎にも　馬にもなれなかったので」

云々といふ形で出てくる「兎」と、大江丸が煮て食はうとしてゐる「うさぎ」とは、単に、短詩と俳句の違ひを示してゐるといふより、江戸の俳人と、昭和の詩人との差異なのだといふ外なく、短詩論の題材を勝手にはみ出してくれるおもしろさがある。
短歌としては、やはりその年の一月に次のやうな現代短歌を選んでゐた。

はみ出すなはみ出すなという声がする塗り絵の嫌いな子供であった
松村由利子『薄荷色の朝に』

わたしの注釈的付記は「ある役割から『はみ出すな』。その方がたしかに生きて行くのに便利だ。しかし自分は昔から『塗り絵』が嫌い。『塗り絵』ははみ出すことを嫌うからだ。この歌の作者は『一時間前には名前も業績も知らざりし人の訃《ふ》報書きおり』と歌う新聞記者で、掲出歌も職場における感想の一つだろう」(一九九九年一月二十六日)であつた。わたしの注解が正解かどうかは別として、「はみ出すな」といふ自戒とも人生訓ともとれる五音は、岸田衿子の「いそがなくてもいいんだよ」の七・五調とどこかで呼応するやうにも思はれる。
いそがなくたって　いいんだよ
は「っ」(促音)の処理をどうするかで違ふが、近似的には七・五調になる。
オリイブ畑の　一ぽん一ぽんの
といふ二行目は、促音撥音まじりであるからどうともいへるが、近似的には七・五調であり、

オリイブの木が　そう云っている

は七・七調である。時々、破調（字余り、字足らず、それも一音づつの）を混じへながら、日本語特有の音数リズムは、使ふ外ないのである。

短詩の問題を、岸田衿子を例示しただけで通りすぎるつもりはない。わたしは、敗戦直後の一九四七年に、西脇順三郎の『旅人かへらず』『あむばるわりあ』（これは氏の第一詩集『Ambarvalia』の改訂版）を読んで、とりわけ『旅人かへらず』が、当時わたしが毎月読んでゐた戦後「アララギ」の斎藤茂吉や土屋文明や柴生田稔や小暮政次や近藤芳美らの作品と、自分の中では、矛盾しなかつたことを思ひ出すのである。

わたしは、近く（五月末か六月初）に新しい詩歌作品集『ヘイ龍《ドラゴン》カム・ヒアといふ声がする（まっ暗だぜっていふ声が添ふ）』を出すが、その中に「食卓で洟《はな》を嚔《ひ》りながら書いた詩」といふ、品のよくないタイトルの作品がある。もとこれは二〇一〇年の「現代詩手帖」（六月号）に「特集　短詩型新時代」が組まれたときに依頼されて作つたものであつたが、その中でわたしは、「詩つてつまり散文の双生児《ツインズ》？／一卵性それともたぶん二卵性？」と自問しつつ西脇順三郎論へと、詩のかたちで、入つて行つたのであつた。その位、わたしの中では、たえず西脇の詩は、啓蒙的に働くのであつた。

『旅人かへらず』は全部で一六八篇の短い詩の連作スタイルになつてゐる。それは、長篇の連作短歌、たとへば斎藤茂吉の『赤光』にある「死にたまふ母」とは、どのやうに違つてゐて、また、その違つてゐるわけはなぜなのだらうかといつた比較へとわたしたちを導いて行くものだ。

たとへば、『旅人かへらず』の二、三、四、五、六は、次のやうになつてゐる（本当は一を引用しなければ、『旅人かへらず』を説くことにはならないのだが、とりあへず二以下を挙げてみる)。

二
窓に
うす明りのつく
人の世の淋しき
三
自然の世の淋しき
睡眠の淋しき
四
かたい庭
五
やぶがらし
六
梅の樹脂
生命の脂
恋愛の脂
苦《にが》き古木のとがり

夏の宵の蓮の筆に
光りをののく星空《はしぞら》に
情を写して
憂しき思ひの手紙を書く
永劫の思ひ残る
　　七
りんだうの咲く家の
窓から首を出して
まゆをひそめた女房の
何事か思ひに沈む
欅《けやき》の葉の散つてくる小路の
奥に住める
ひとの淋しき

ついつい、七まで写してしまつた。前の号で荒川洋治の「見附のみどりに」を注釈したときにも感じたのだが、わたしは今まで、なにを読んで来たのであらう。「見附のみどりに」に擬似的近親相姦《インセスト》までよみ込まうとは思ひがけないことであつた。

『旅人かへらず』は、まだほんの初めのところだけだが「かたい庭（五音）」とか「やぶがらし（五音)」が、連作詩の一節をなすといふのはなぜであらう。

かねてから、この詩のキイ・ワードの一つは「窓」だと気付いてゐたが、もう一つ「淋しき」といふ、俳諧的とも、和歌的とも思へる嘆声「人の世の淋しき(五・四)」と「ひとの淋しき」「睡眠の淋しき」とは、なるほど「淋しき」でいはば脚韻を踏んでゐるが、果して同じ「淋しき」なのかといへば大いに怪しいのである。

そして、この一から始まる、いはば第一章は、以前から誰彼によつて問題にされてゐる、性《セクス》の章句によつて一応結ばれてゐるのもおもしろいことだ。それは次の八《はち》によつてである。

八

あのささやき
蜜の巣の暗さ
女の世の
なげかはしき

短詩の検討

西脇順三郎／小池純代『梅園』／相良宏／吉田加南子『波』

1

詩といつても、広いので、とにかく実例をたくさん読んで考へなければ空論になつてしまふ。詩を読むのは愉しいから、次々に読みすすめるのはいやではない。その点は定型詩（短歌や俳句、あるいは十四行詩《ソネット》）の場合も同じだ。

一一
ばらといふ字はどうしても
覚えられない書くたびに
字引をひく哀れなる
夜明に悲しき首を出す
窓の淋しき

西脇順三郎の『旅人かへらず』（一九四七年、東京出版）から一一番を引いてみる。これは薔薇といふ漢字にまつはる詩だらうかといへばさうではあるまい（二行目の「覚えられない」と「書く…」の間に、読点または一字空きがないのは、詩人の書きぐせの一つだが、この接続部分で読者を立ち止まらせる効果はある)。ではこの五行はなにを言つてゐるのか。わたしは「窓」とそこから「首を出す」心理を詩にしたのだと思つてゐる。

これを短歌の世界に移してみると、例へば、

茫然と我をながれし音楽に現実の楽《がく》は少し遅れぬ　相良　宏

といふ歌に対して、加藤治郎は『短歌のドア』(二〇一三年二月、角川学芸出版)のなかで次のやうに解説してゐる。少し長い引用だが、大事なところなので、省略しないで置く。

「抽象的でやや難解かもしれません。「現実の楽」とは、クラシックを想像しますが、レコードからラジオから流れている音楽です。上句は、内なる音楽と言えましょう。ぼんやりと自分の中に流れる音楽がある。よく分かることです。内なる音楽と現実の音楽が歌われているわけですが、どういう有りようなのでしょうか。好きな音楽であることは確かです。或る音楽が自分の内に流れていたとき、たまたま少し遅れて実際の音楽が聞こえてきたということでしょうか。前提としては、同じ楽曲と考えたいところです。そうでなければ、内なる音楽と現実の音楽の対照が際立たないからです」

解説する加藤治郎が、この歌の前で、いろいろと考へあぐねてゐるさまが判る。人間の意識の流れについての歌は、読者にさまざまな思考や連想を生む。

余分なことを言ふと、わたしはこの歌の作者、相良の友人だつたので、かれが晩年(といつたつて

三十歳前だが）寝てゐた部屋や、そこでかれがどんな生活をしてゐたか、記憶してゐる。あのふとんに臥して音楽を聞いてゐたんだなと、この歌を読んでも、思ふ。なぜ内部の音楽なんてものが先行したのだらうと思ふし、かういふことはわれわれのうち誰にでもあるとも思ふ。それをわざわざとり出して作品化するところに相良の鋭さがあつたのだと思ふ。

西脇の詩にもどると、「ばらといふ字」が書けなくて書くたびに字引をひいたことよりも、それを、やや大げさに「哀れなる」と嘆いて、「夜明に」とつなぎ、さらに「悲しき」と感情語（短歌では「主観」をあらはすのをいましめるのだが）を重ねるあたりが、作者の言ひたいところである。結局は「窓の淋しき」と結ぶあたりを見なければならない。夜明けに窓をあけて、首を出した自分を意識してゐるのであつて、「ばら」といふ字は、その意識を導き出した導火線でしかない。といつて「ばら」といふ花の名が無意味だつたわけではないあたりが、詩のおもしろさである。

ついでながら『旅人かへらず』でも、有名な「一三」節が、そばにあるので、出してみる。

一三

梨の花が散る時分
松の枝を分けながら
山寺の坊主のところへ遊びに行く
都に住める女のもとに行つて留守
寺男から甘酒をもらつて飲んだ

なんでもない六行の詩だが、四行目で、一つの物語が出来上がる。かういつた転換は一行詩では、やりにくい。「坊主」といふ作者の友人と、その友人の行動が、作者に感応するさまが、この詩の中心にある。因みに『旅人かへらず』は、大半が、作者順三郎の疎開中に作られた。新潟県小千谷《をぢや》である。長く住んだ東京や鎌倉は作者にとつても「都」である。『旅人かへらず』には、疎開先の小千谷から望む、都への思ひがあちこちに読みとれる。

わたしは、先の大戦の後、一九四七年ごろに、出たばかりの『旅人かへらず』を読んだ、当時の少年の一人であつた。わたしの中では、だから、「アララギ」などで、同じく郷里に疎開中の斎藤茂吉の歌や、とりわけわたしの場合は、土屋文明の「川戸雑詠」(歌集『山下水』)を、『旅人かへらず』と同時に読んでゐた。文明の場合は、群馬県の吾妻郡川戸は直接郷里そのものではないが、郷里に近いところである。疎開は、縁故疎開(親せき等のところへの疎開)であつてもなくても、都へ帰住したい思ひをつねに誘ふのである。わたしは、順三郎と茂吉や文明を、偶然、並んで読んでゐたが、それは、あるいは、詩と歌との違ひを、知らぬまにわたしに教へた体験だつたのかも知れない。

2

今年(二〇一二)の鮎川信夫賞(第四回)は、四元康祐《よつもとやすひろ》氏の『日本語の虜囚』(二〇一二年、思潮社)に決まつた。この本について紹介しようとして、いや、これは簡単な作業ではないと気付いたので今回は見送つた。この本の著者は、大阪寝屋川生まれだが大学卒業後、渡米し、八年の後ドイツへ移住、今はミュンヘンに住む。夫妻は日本語を話す（当り前だが）が、息子や娘は米語で育ち、今はドイツ語が生活語だ。さういふ「多言語」的生活環境にあつて、短歌形式の作品を含んだ詩作品を試行してゐる。鮎川賞の選考委員会でも（今回は、辻井喬さんが病欠されたので、わたしが授賞式でも、とりまとめ報告をしたが）他の委員から、『日本語の虜囚』にしばしば出る「短歌」や、「新伊呂波歌」の文語的表現について、訊ねられて苦しんだことだつた。それだけに、詩人の書く定型詩といふ観点からも、とり上げて話したいのだが、今回は予告にとどめたい。なぜなら、読み返すたびに、問題が新しく見えて来たりするからだ。

＊

吉田加南子の詩は、いくつかの分節をつなぐ形をとることが多い。ちよつと連作短歌を思はせる。本質的には短詩の巧みな詩人かと思はれる。「波」（詩集『波』一九九五年、思潮社）を挙げてみよう。

波　　　吉田加南子

あなたに会いたいわ
こっちにくるあなたと

どうして会えないのかしら
　こっちにきたとき
　あなたはもういないのです
水と光だけがあるのです

　第一行の「波／あなたに会いたいわ」は詩の総主題を呈示した部分といへる。大体「波」がテーマといふものの、それは自然界の、たとへば海の波を歌つた自然詠ではない。「波」は擬人化されてゐて、「あなた」とよばれ、つまり相聞歌のやうな詩である。とはいへ、「こっちにきたとき／あなたはもういないのです／水と光だけがあるのです」といふのは、いかにも海辺に立つて海の波を観察した結果のやうな詩句である。海の波をよく見てゐなければ、この詩行は生まれなかつたらう。だとすると叙景的な要素も充分にある。

さわるとき　(目でさわるときも)
こっちにきながら
あなたはもう
水や光からぬけだしているのです
どんどん　ぬけだしてゆくのです

この一節五行になると、「波」の自然よりも、人間（「あなた」）への感情の方に力点が入つてしまふ。一節とばして、次へ行くと、

あなたは立ちのぼってゆくの？
何がやどっているので
何がやどりにくるの？
ぬけだしてゆくあなたに

となつて、あとは節を追ふごとに「波」の実態よりも、それを一つの秀抜な比喩としてかなでられる物の実体への哲学詩のやうな展開になつて行く。観察よりも、それを超えた思弁の方が勝《まさ》っていく。最後の節は、

あなたはどこにいるのですか？
わたしたちが
浮かべられている
いま

といふので、「あのひとも／わたしも」波のりをして、波にうかんでゐるのに、「波」は見えなくなつ

てゐる。二行から五行ぐらゐで一節をつくり、算へ方でちがふが、十四・五節で出来あがる、やや長い詩は、実は、短歌の一首、一首にくらべられるやうな、短章から成つてゐるのだ。それが短歌連作と違ふのは、行分けが働いてゐることと、その一行と一行のあひだの飛躍があるためだらう。
比較するといふほどの意図はないが『梅園《うめぞの》』（二〇〇二年、思潮社）から、「食」といふ章を挙げてみる。作者は小池純代。

今朝の今朝詰めこみにける白飯《しらいひ》がおもむろにわがわたくしを著《き》る
手のひらのごとき二枚が守り來し牡蠣のせつなる禱りを啜る
この人はおとななればかいささかの異《い》なるにほひの茗荷《めうが》を嚙《しが》む
日常の食器は白と決めたれどその日常の白ぞ寂《さぶ》しゑ
砕かれて挽かれしことのうつくしく香辛料の壜　竝び立つ
きも吸ひの澄みたる底にきもといふ變《（へん）》なかたちの大切なもの
この人はやはりおとなか奇妙なる香り一本セロリを食《は》めり
熱燗を晝の蕎麥屋で飲むまでにそこまではまだかなしくなかろ
ていねいに蕎麥湯をのんでひとりごつ言ふことなくて　ああ　うまい　とぞ
生きたくて生くるならねど食ひたくて食ふ明け暮れの飯《いひ》のふつふつ
喰はるるといふは性の喩　ちからの喩　喰はれてもなほ生きてもの喰ふ

十一首で「食」とか、「喰ふ」とかいつたテーマを歌つてゐるが、吉田加南子と違つて一首一首（一節一節）みな違ふ〈物件〉をもつて来てゐる。十一章の詩といふよりも十一篇の別々の独立した歌で、それが寄り合つて、アンニュイに満ち、いささか厭世的な今日の生を歌つてゐる。それが、正字、旧仮名の文語を基幹としてゐるところが、吉田加南子のひらがな書き、現代文の詩といちじるしい違ひを示してゐる。そのどちらもおもしろく読めるが、いづれも近現代の歴史的な書き方を背負つてゐるのである。正字の漢字など、書き写しながら、それ一つで、ある文学的主張を示してゐるやうに思へる。もう「字引」なしでは書けなくなつてゐる字も多いのに気付く。西脇順三郎ではないが「夜明に悲しき首を出す／窓の淋しき」とつぶやきたくなつたので今回はここらへんで幕を引かうかと思ふ。次回までに『日本語の虜囚』が読みこなせることを祈りつつ。

作者と作品
四元康祐『日本語の虜囚』／辻征夫『天使・蝶・白い雲などいくつかの瞑想』

作品を読むときに、作者について知りたいと思ふのは自然な気持だらうとわたしは思つてゐる。せめて作者の年齢や性別、できれば現在住んでゐる場所を知りたいと思ふ。
しかし、詩集は、「あとがき」のない本が多い。手許にあるわたしの好きな詩集をいくつか持ち出してみる。
『天使・蝶・白い雲などいくつかの瞑想』辻征夫
『音づれる聲』藤原安紀子
『永遠に来ないバス』小池昌代
故人となつた辻さんとは、その生前にお会ひして何度か手紙もいただいた。藤原さんとは直接お話したことはないが注目してゐる詩人だつたから、女性であることは名前から判るし、作者のことは想像出来る。小池さんとは、もう九〇年代からの知人で、「乱詩の会」(岩波書店)でもご一しよし対談も一、二回してゐる。詩集に自己紹介めいた文がなくても、作者を向う側に置いて詩を読むことができる。
歌集は、今までの習性として、この点ははつきりと、作者の略歴をのせ、他者による紹介を付ける。『もしニーチェが短歌を詠んだら』中島裕介。『さよならバグ・チルドレン』山田航。『日本の中でたのしく暮らす』永井祐。確かめるために持ち出して来たが、どれも、迷ひなく作者が作品の前に（向うに）立つてゐる。

この詩集と、歌集との（といふことは詩人と歌人との）風習の差はいつから生まれたのだらう。試みに近代詩の出発点近くに立つ萩原朔太郎の『月に吠える』（一九一七年、感情詩社・白日社）を見れば、北原白秋の「序」に始まり、巻末の「故田中恭吉挿畫」「恩地孝四郎挿畫」に至る、作者関連の文章によつてぎつしりと作者像を、読者の前に押し出してゐる。それらをこめて、読者は詩集を読んだのだ。だとすると、あとがきも作者略歴もない詩集の出し方は、やはり戦後に生まれて、詩壇に定着したのかも知れない。ひよつとするとそれは海外の（西欧の）新詩集の影響だつたのかも知れない。

テクスト（書かれた文章）を重視せよ。作者は除外せよ。さういふ、いはゆる構造主義の思想がこんな所にもあらはれてゐたのかも知れない。たしかに過度に作者像に倚りかかる読み方は危うい。言葉がそれだけで告げてゐる不思議な輝きに感応することこそ、詩を読む正当な態度ともいへる。わたしも詩の一行一行に止面からつき合つていく態度が好きである。『日本語の虜囚』（二〇一二年、思潮社）の中の「日本語の虜囚」といふ詩は、一行四十字、全七十六行の詩だが、次のやうに始まる。

テレビを見ている視界の手前に食卓の角があり携帯があり
そのさらに手前になにやら黒いものがあり
それは今意識の水面下に辛うじて身を浸していて
言語化を免れているだからこそ

なにやら黒いものとしか呼びようがないのだが
次の瞬間言語の矢は放たれたちまち一個の官僚的な名辞に成り下ってしまう
寡黙な親密さはもはや永遠に失われた
〈眼鏡ケース〉 食卓に横たわる五文字の抜け殻
かくのごとく見るものすべてが
片っ端から言葉へと枯れてしまうさてはメドゥーサの悲劇とは
このことであったか ベルリン 七月十七日通り 覆い隠された天使と漂う綿毛
……ほうら記憶までが言葉の化石だ
（ほうら記憶までが ほうらきおくまでが ほうらくいおく むあでむ……）

この詩集には、戦後詩の風習を破つて長文のあとがき「日本語の虜囚 あとがきに代えて」といつた著者自身による作意解説があるから、その方から先に読むこともいいだらう。

また「四元康祐（よつもと・やすひろ）一九五九年生まれ。ミュンヘン在住」云々といふ、著者プロフィールものつてゐるから、そこから、この「日本語の虜囚」の書かれたのはミュンヘンの自宅であり、「ベルリン 七月十七日通り」などが出てくるのは、そのためだなどといふのもいいが、そのやうな、つまりは噂話にしかすぎない情報を、詩のうしろにすつと辷りこませて、いはゆる「読み」の助けにするのは、一応止めにして、一行一行に固執しようといふのだ。

テレビを見てゐる視界。食卓の角。携帯。これらは「言語化」されてゐる。しかし「そのさらに手前」にある「なにやら黒いもの」は、「言語化を免れている」(このあと「だからこそ」と続く文体は、ふつうなら一字空けしてつながるのだが現代詩の叙法を用ゐてゐることにもちよつと注意!)。それやこれやで、ある一つの物体(視覚によつて捉へられた物)が「黒い」といふ言葉以外の「名辞」として作者の意識の中に〈眼鏡ケース〉としてよみがへるまでの、おそらく瞬間の「言語化」体験について、こんなにまで細かに分析的に語ることこそ、実はこの詩のおもしろさであり、四元康祐が、「一九五九年大阪府寝屋川生まれ。八二年上智大学英文科卒。八三年結婚。八六年米国移住。九〇年ペンシルバニア大学で経営学修士号取得。九一年詩集『笑うバグ』刊行。九四年ドイツ移住」したなどといつた略歴よりも、詩を読む上ではるかに困難でスリリングな作業だらうといふことを言ひたいのだ。

そして言語化されるとは「片っ端から言葉へと枯れてしまう」ことだといふ、言語悪者説はどんなものであらうか。

ここで「メドゥーサの悲劇」が出てくる。

メドゥーサは、ゴルゴンとも呼ばれその眼は見ることによつて人を化石にしてしまふといふ、あの神話の女神であるが、言葉にしてしまふとは、あの「なにやら黒いものとしか呼びようがない」物体が、その限りならまだ生きてゐたのに、名を与へられた途端に、石と化してしまふといふ考へ方だ。

「(ほうら記憶までが　ほうらきおくまでが　ほうらくいおく　むあでむ……)」といふのは、耳がとらへた言葉を平がな書きすることで言葉のなまなましい感じをよみがへらせようとしてゐるともいへる。

次の段階では、作者が「私の娘だ」とよぶ「アメリカで生まれドイツに育った娘」のしやべる「日本語」が出てきて、ドラマ化が進んでこの「日本語の虜囚」の顔立ちがはつきりしてくるのだが、少し寄り道をしようか。

フェルディナン・ド・ソシュールといふ言語学者は、「名づけられることによって、はじめてものはその意味を確立するのであって、命名される前の『名前を持たないもの』は実在しない」と考へたが、言葉と実在といふのは、たぶん、二十世紀の思想の根本のところにあるほんたうにおもしろい問題であらう。

言葉とか、それをなんと呼ぶかとか、それこそ、哲学者のヴィトゲンシュタインの『論理哲学論考』が、言ひわたしたやうに、

1　世界とは現に成立している事柄の総体である

1・1　世界とは事物が集まったものであり物の集まったものではない

とすれば、名を与へられた「物」（眼鏡ケース）が詩人にとつて大切なのではなく、眼鏡ケースが瞬間見失はれてゐて、その「物」と人との関係が失はれてゐることによつて「世界」が失はれたことの方が大切なのだらう、などと、想念がどんどん拡がつていく。それがこの詩の、おもしろさなのだらう。

かうした四元康祐の詩の特質を、対照的に、はつきりさせるために、さきほど書名だけをあげた辻征夫の『天使・蝶・白い雲などいくつかの瞑想』（一九八七年、書肆山田）から、代表作の一つとも言へる「蝶」を引いてみよう。

蝶　　　辻征夫

自転車に乗っていて
紋白蝶を
轢いてしまったことがある

■

路上に
しみのようなもの
なにかわからない黒っぽい
小さなもの
があった
紋白蝶にも
それが見えたにちがいない
なぜって
正確にその一点に
舞い降りたから――
自転車が通過した

■

ぼくはときどき
顔を覆って
（叫び）をこらえることがある
ほんの一瞬だけれども

この詩は、事柄がおきた順番に、つまり、自転車にのつてゐて一匹の蝶を轢いてしまつた体験に沿つて散文的にのべて行けば、これだけ深い印象を読者に与へないであらう。最初の三行が終りの四行に到る一歩一歩のなかに、なんの疑問もない、明確な言語が並んでゐる。そこには、ソシュール流の言語論や、ヴィトゲンシュタインの命題なんて露ほども思ひ出させはしない、リアルで実体験的なといへばいいのか、詩がある。そこに余計な、思考の実験を試行するすきまなどはない。ここにも「なにかわからない黒っぽい」ものが、「日本語の虜囚」の冒頭と同じやうに出てくるが、蝶もそれを見、作者もそれを見たに違ひないのに、その「黒っぽい」ものに名を与へる必要はなかつたのだ。辻の「蝶」を読んで、わたしも、言語論的になどと思ふことは全くない。昔、地方で車を使つてゐたころ、路上で一匹のイタチを轢いたことがあつたが、そのときの身ぶるひするやうな体験がよみがへるだけであつた。

さて「日本語の虜囚」の第二段階へと進まう。

いつからか私は気づいていた左眼の下の目蓋の
ぷっくりした溜まりのなかに
ひとりの女が蹲っていることに　夜ごと眠りに落ちるとき
あるいは真昼運転していてマバタキするとき
黒々と濡れた髪に覆われた巨大な頭頂が眼下にせり上がってくるのだった
日本語でも英語でもドイツ語でもない
まだどんな言語にもなる前の喃語のごとき呟きを放ちながら
女は月を数えている明けては暮れる我が視野の淵で
その向こうになにやら黒いものの残骸が転がりそのさらに向こうで喋っているのは
私の娘だ　漢語に乏しい　大和言葉主体の　奇妙に捩れた拙い抑揚
アメリカで生まれドイツに育った娘の日本語は
ほぼ100%私と妻から口移しされた家庭内言語であり社会性に著しく欠く
窓の「あけしめ」は分かっても「開閉《かいへい》」となると理解不能《チンプンカンプン》
『ファウスト』に登場する人造人間ホムンクルスは
試験管のなかで調合されて形を纏った途端いきなり「これは、お父さん、
ご機嫌いかがですか。冗談ではなかったんですね。さあ私を優しく抱きしめてください」
などと話し始めるがそのドイツ語はどこからやってきたのか

（注、以下まだ続くが）

第二段の話は、このやうに『ファウスト』（ゲーテの長篇詩。森鷗外その他の訳本がある）の中に入つて人造人間ホムンクルスなどが出てくるが、第一段のところとはいささか調子が変つて来たのは判る。家庭内言語と公的普遍語（それはドイツ語だつたり英語だつたりするのだらうが）のはざまの、ごく日常的な齟齬が詩になつて来た。第一段の、言語化による事物の枯化、化石化とは、いささか別の段階に入つてくる。そこで、四元康祐の今まで辿つた経歴の国際性みたいなものが、家族ぐるみで思ひ出され、テクストとテクスト批判だけではすまない領域に入るのだらう。

作者と作品（再）
阿部はるみ『幻の木の実』／栗木京子『水仙の章』／関口涼子と私のコラボ

作品を読むときに、作者について知りたいと思ふといふ話をした。ところで、作者について知るといふとき、知るとはどういふことか、深く考へてみなかつたのではないかと気が付いてゐる。

前回、四元康祐の簡単なプロフィールを掲げたが、それは「日本語の虜囚」といふ詩を読むのに役に立つたか。

テクストを読み込め、作者を除外せよといふ一派の主張は、人間が他者・自己を含めて作者を知る、理解することの不可能性、あるいは諦念のやうなものが、その深い底に横たはつてゐるやうに思へて来た。

せいぜい四元康祐が、長い詩歴を持つ日本人の男性であることぐらゐが大切なのであつて、読者のわたしから作者の詩人への信頼感、親愛感がそこにあることだけが大事のやうに思へて来た。

たまたま今日手にした（寄贈されて来た）未知の詩人の詩集を、一つの演習《ゼミナール》のやうに読んでみて、これを確かめてみよう。

阿部はるみの詩集『幻の木の実』（二〇一三年七月十日初版第一刷＊発行者鈴木一民　発行所書肆山田）といふ本である。書肆にも鈴木一民氏にもわたしは、自分の本をそこから何冊も出してもらつてゐる故もあり、おのづから親愛感を持つが、それも広い意味で、著者を知るといふことの基盤のやうだといふまでであらう。

　この本には後記はないが、「覚え書」がある。「ここに収めた詩は、ほとんど『神奈川新聞』『アル』『Jinn』『Orphée』等に発表したものです。少し手を加えて十五年ぶりに四冊目の詩集としました。著者」とある。どうやら同人誌に長い間に発表されたものらしいと判る。わたしの知らない誌名は何となく仏文系の匂ひがする。さうか十五年ぶり四冊目かと思ひつつ、最終頁をみると「阿部はるみ――／詩集／『かぐや石』（一九八四年　書肆山田）／『ファンタジーランド』（一九八八年　書肆山田）／『浮く椅子』（一九九八年　書肆山田）／現住所＝神奈川県横須賀市（以下略）」と記してある。生年は書いてないが、第一詩集の刊行年から大体の見当はつく。長い詩歴から、ある種親愛感といふか、親しみが、読者の側に湧くだらうが、そこまでである。詳細なプロフィールなんて、読んでみたつて知る（ふかく理解する）ことに役立つのか、といつた気持が、湧いてくる。この程度の簡略な自己紹介の方が、いろいろと連想させてたのしいのではないかと思はれてくる。ロラン・バルトの作者排除・テクスト読み込みといふのは、かうしたところから来てゐたのかななどと、ちらりと空想を走らせてしまふ。

　作品を一つ読んでみよう。「鶴」といふ詩。

鶴　　　阿部はるみ

だれか階段を上がってくる　窓からの黄ばんだ光は

明け方なのか夕方なのか　部屋にはすえたような熱
の匂いが充ちている　少女はゆっくりと体を起こし
てコナグスリの紙で鶴を折る　カサコソと皺をのば
してまず対角線にきっちりと　おかっぱの髪がなが
いこと俯いたまま折っているというよりなにかを祈
っているみたいだ　部屋の隅に飾られた小さなひな
人形　少女は突然這っていって一対のひなの間隔を
（ここまで右頁に刷ってある。一行二十三字）
ひき離す　はあはあと喘ぐ呼気　それから床に入っ
て毛布をひき上げるとぐっすり眠った　目覚めたと
きは全身汗まみれで口のなかがねばついていて火の
ように熱い　すっかり暗くなっているがだれも上が
ってこない　ときどき〝パアーン〟とか〝ギィー〟
とか音がするのは　空《くう》を支えている家がうつろなた
め息をもらすのだ　少女は自分の体から発散する熱
の匂いにも気づかずに　これからひとりで行方も知
れぬ旅にでかけるようなときめきを覚えて　白い鶴
を掌にのせている

後半の十行が左頁に刷つてある。見開き二頁のほぼ真中に（算へてみると14㎝×8・5㎝の広さが詩。頁全体は26・5㎝×21㎝）刷つてある。視覚詩的な感覚でいふと「鶴」といふタイトル文字が、やや右にはなれてゐるのも、非対称性の美しさであらうか。作者はかういふ点も気を配るタイプの詩人らしい。荒川洋治の『詩とことば』によると、詩が一般に評判がわるい一原因として、「行分け」で書くことが多いためだといふ。「詩のかたち」と荒川は言ふが、この「鶴」は、行分けはない。

だれか階段を上がってくる
窓からの黄ばんだ光は
明け方なのか
夕方なのか
部屋には
すえたような熱の匂いが充ちている

たとへば右のやうに書き直してみる。これが「行分け」の「かたち」であり、多くの詩がこの「かたち」をとる。たしかに普通の散文とは違つてゐるから、「あ！　詩だ！　いやだ！」と思つて敬遠する人もゐるだらうが、読み易いと思ふ人もゐるだらう。必ずしも荒川のいふ通りとも思へないが、とにかく「鶴」には「行分け」はなく、その代りといつては何だが、句読点がなく、行と行のあひだに〔一字空白〕がある。かうした「かたち」の書き方も、詩に特有の書き癖であらう。これを嫌がる人があつても不思議はない。

短歌や俳句は、その点一行詩であり、音数律の約束によつて決まつた「かたち」がある。たとへ三行や五行に書かれてあつても「かたち」は初めから決まつてゐる。その制限の中で、少しづつ、工夫して異型を、例外的な「かたち」を考へることはあるが、詩の場合とは大きく異なつてゐる。

さて「鶴」の詩の意味だが、一読してわかりやすい。一人の童女が、かぜをひいたかして発熱して二階の一間に臥してゐる。少女は「コナグスリの紙」で、折紙の「鶴」を折るところだ。「一対のひな」人形の存在が、二月か三月ごろの季節を暗示してゐる。少女の行動はすべて暗示性に富むと共に、いかにも少女らしく具体的でありさうな状況である。おそらく作者の幼年時代を回顧したものだらうと想像される。もち論、作者が共棲してゐる少女を観察して作つたといふことでもかまはないが、さうした想像は、この作品の中の表現上の技巧、たとへば「階段」の果たしてゐる効果などに比べると、どちらでもよい問題に思はれてくる。テクストとしての作品の細部にこだはりたい気持にさせられるのだ。

最近、栗木京子の歌集『水仙の章』をゆつくりと時間をかけて読む機会があつた。二〇一三年五月に砂子屋書房から出た、著者の第八歌集である。作者は著名な歌人であり、わたしもその第一歌集から、読み、また論評して来たのであるから、今さら「作者と作品」といつたテーマで読むのはどうかと思はれさうだが、かへつてさうだからこそ、『水仙の章』は好対象のやうにも思へるのだつた。

開巻すぐに、

体臭に似るもの橋も持つならむゆふべの言問橋を渡りぬ
夜の梨に入れしナイフをしばしの間握りをりたりああひとりなり

のやうな秀れた歌がある。しかしこれらの歌は、作者を知るまでもなく、いい歌として読める。わたしは、施設に入つてゐる老い母を歌つた歌（たくさんあるが）に絞つて、考へてみたいと思ふ。

小悪魔になりそこねたる大悪人われは老母に会ひにもゆかず
夜の雲よ母にとりての昔とは子らが未婚でありし日々らし
セザンヌの画室にありし林檎にてジュースを絞る臥しゐる母に
真夜中の果樹園に降る月光を恋ひをり母を眠らせしのち

こんなところから、この歌集の母の歌は始まる。あるいは、その隣りにある次の一首。

冬の夜の神が地上に放ちたる草屈《くさかまり》としてわが身はあゆむ

草屈（くさむらの中にひそんで敵陣をうかがふ忍びの者）などといふ、はじめて聞いた古語が新鮮だ。

どこか自分を「大悪人」とか「草屈」に見立てて客観視してゐる。作者の生活とか性格とかいつた個人情報と関係なく、一つの役《やく》になり切つて歌つてゐるあたり、通常の「老母介護」とか、母ものといつた作品からきれいに独立してゐる。

昼なのになぜ暗いかと電話あり深夜の街をさまよふ母より
昼と夜を逆転させて母ねむるいと浄らかな内臓もちて
チカラシバかすめて蜻蛉飛ぶ午後にメディカルホームへ母は引越す
八丁みそ白みそ飛騨みそ次々に捨てて浄める母の冷蔵庫

かうした歌には、むろん、説明過多になつてゐて、散文的あるいは詞書風のものも混じるが、さうしたものを含めて、母は健康で、もう八十五歳をすぎてゐるのに、作者と一しよに写経したりする。施設の人にむかつて娘自慢するときも、娘が医師と結婚してゐることを自慢しても、娘が歌人であることは自慢しない。さうした母についての情報も、たくみに歌にしたててゐる。短歌が、歌であると共に、描写の機能をもち、説明の道具ともなることを作者はよく知つてゐるのだ。しかし、その中に、

夕立ののち素足にて水飲めば前のめりなるさびしさの来ぬ
骨に沁むさびしさのあり臓《わた》に入る切なさのあり寒星光る
夕暮の群衆のうへに配られし言の葉のごと淡き雪降る

のやうな、どうしても引用したくなるやうな秀歌がある。それは直接には、老母を歌つたものではないが、一人の女性が、同じく女であり母である老母を見つめながら、次第に自分の中にたくはへて行く孤独感を伝へてくる。

栗木京子を語るのに、第一歌集以来の、人によく知られた歌どもの記憶をかき立てる必要はない。『水仙の章』の中にある、老母の歌を地《ぢ》の歌として、秀抜な喩の歌の中へともぐりこんで行くなら、作者像は消えて、作品（テクスト）のこまやかな技法やレトリックばかりが際立つてくる。

今年（二〇一三）六月八日から三十日まで、毎朝早朝に起きて詩と歌を書いてゐた。関口涼子といふ詩人（在パリ）が居るが、この人の『熱帯植物園』（二〇〇四年十一月、書肆山田）を対象にして、歌を書き（詩を短歌に翻訳するやうな作業）またソネットや散文詩を添へたりする作業である。いつも二時間強をそれにあてて、そのあと朝食し、すこし眠るといふ生活だつた。およそ、作者像の結実しない（情報のない）ところでの作業である。関口さんとは昨年（二〇一二）の暮、帰郷された時、東京で会ひ対談したものが「現代詩手帖」二〇一三年一月号に載つてゐる。

一例を示せば、関口さんの詩、

当初の道程に再び従おうと、なだらかな斜面を戻ってゆく途中、先刻は視界の触角にかからなかった黄色の群落に引き寄せられた。後には、あらゆる移動の起点になってゆく円形のこの場所にいて目を下ろし、初めて、書かれた文字の背後に膨らみが窺われることがあった。

のやうな詩（一頁の右寄り真中に刷ってある）に、

はじめから予定してゐた道程があつたのかたとへあつたとしても
気づかずに来た黄のいろの群落の帰路にあざやかに燃え出づるとは
いつもさう。起点になつて在つたのだ、円形のこの広場、市場《マルクト》

といつた風の短歌によるコラボレーションをつけた（いづれ「現代詩手帖」に発表される）。そのせゐも、あるいはあつたのだらう、今回は、作者と作品の関係について、復習をすることになつた。

時代の変化と詩歌の変遷
前登志夫、玉城徹の詩からの出発／近藤芳美の歌／村野四郎「塀のむこう」

1

『前登志夫全歌集』（短歌研究社）が、今年（二〇一三年）八月一日の日付で出た。わたしはこの「詩の点滅」の連載の流れによつては、前さんの詩集『宇宙駅』（一九五六年、昭森社）と、そのあとの長く厚い歌の履歴とをつなげて考へてみたいと思つてゐたので、急ぎこの大冊の『全歌集』を開いてみたが、これはあくまで全歌集であつて、詩は収録されてゐない。

巻末の「年譜」でみると、一九二六年生まれの前さんは（わたしより二年年長）、一九四五年十九歳のとき、同志社大の学生だつたが「一冊の詩集（未完）を残して軍隊に行く」とのことだ。当時、徴兵の年齢が、本来の二十歳から下げられてゐたため、十九歳入隊になつたのだが、すぐに終戦が来て帰郷されたのだらう。五歳上の兄はビルマで戦死してゐる。

しかし、「一冊の詩集（未完）」の原稿などは残つてゐるのだらうか。

戦後、一九四八年二十二歳のときから、「詩風土」「日本未来派」「詩学」に詩を発表したとある。これらの詩誌は、単なる同人誌ではないから、ある力量が認められて発表されたものと思はれる。先輩格の詩人や文学者の名も「年譜」にはたくさん見られる。詩人としてめぐまれた出発をしたさまがわかる。

あとで書くつもりの詩人村野四郎に会つたのは前さんが二十七歳の時だつた（一九五三年）やうで、前さんといふと、村野さんの名と顔が、わたしなどは、思ひ浮かぶのである。なぜなら、一九五六年、前さんの詩集『宇宙駅』が出て、「東京・虎の門『キムラヤ』にて出版記念会」（「年譜」）が開かれたとき、短歌の関係からは当時「短歌研究」の編集者だつた杉山正樹と、歌人のわたしが出席したからである。もう、杉山さんも故人だし、あの会の世話をしてゐた詩人の木原孝一氏（荒地グループ）も、また当然村野四郎氏も亡い。わたしだけが生き残つて、あのキムラヤの座敷に、ずらりと座るかたちの会（あの頃はまださういふのが多かつた）で、村野氏のとなりでかしこまつてゐた前さんを思ひ出すのである。

わたしも杉山正樹も、詩人ばかりの座の空気に押されてしまつて、挨拶を求められはしたが、ろくろくちやんとしたことを言へはしなかつた。わたしが村野四郎に会つたのはこの時限りだつたが「前君は、短歌も書いてゐるさうぢやないか」などと、とがめるやうな口調で言ふものだから、（第二芸術論の盛んな時代でもあり）わたしも杉山さんもなんだか居づらくなつてしまつたのを覚えてゐる。

また、「短歌研究」十月号の企画「なぜ短詩型を選んだか」でも、当時安騎野志郎を名のつてゐた前さんと、詩人の大岡信、谷川俊太郎、そして前衛俳人の高柳重信と共に、わたしは出席してゐる。これはむろん記録が残つてゐるから読まうと思へば読める。しかし、座談会の終つてから交された話なんかは、その方がおもしろかつたので、今でも覚えてゐるわけだが、前さん三十歳、わたしとて二十代、大岡さんや谷川さんもわたしより数歳若いのだから、若い連中の話し合ひだつたわけだ。

「安騎野さんは、奈良の吉野におすまひださうですが、吉野には前登志夫といふ、いい詩人がゐて時々同人誌（「詩豹」のことか）で読みます。ひよつとして安騎野さんご存知の方ではありませんか」といつたことを、たしか大岡さんが言ひ出したのであつた。

「あ、前といふのはわたしです」と、前さん（安騎野氏）は、それほどあわてた感じではなく、悠揚迫らずといつた感じで応答してゐた。大岡さんと谷川さんがそれに対して嬉しさうに笑つてゐたのを思ひ出す。

思ひ出話ばかりしてゐるやうにきこえるかも知れないが、わたしは、詩人前登志夫の詩が、そのあとの歌業とどうつながつて行つたのかを一度考へてみたいのであつた。その意味では『全歌集』の付録としてでも巻末に詩集『宇宙駅』を入れて置いてほしかつたと思ふのであつた。

詩から出発したといへば、もう一人大事な人が居る。玉城徹である。

『玉城徹作品集』（一九八一年、不識書院）には、作者本人が編んだためもあつて、詩集『春の氷雪』（一九四八年、河出書房）が、歌集『馬の首』『樛木』と共に収められてゐる。玉城さんの自解ものつてゐるし、これは六三〇部限定だといふから、手にとつて読んだ人は少なかつたとはいへ、今でも、詩からの出発の意味を問ふことはできる。

さらにいへば『時が、みづからを』（一九九一年、不識書院）のやうな長歌集とも、詩集ともいへる著作を検討しながら、玉城徹における詩と短歌の意味を問ふこともできる。

前登志夫、玉城徹のやうな好個の実例を近くで見てゐながら、それを正面から見据ゑることをしないで置く手はないであらう。

2

近藤芳美生誕百年に際し「短歌講座一日スクーリング」といふ催しが、NHK学園の国立本校で開かれて、近藤芳美の戦争直後の歌について話してゐるうちに、あの一面焼野が原だつた東京の景色が思ひ出された。このスクーリングには黒木三千代、大島史洋、中川佐和子と共に参加してシンポジウムもしたのだが、わざわざ言ふまでもなく、あの焼け跡（米軍大空襲のため）を知つてゐるものは、わたしだけである。

降り過ぎて又くもる街透きとほる硝子の板を負ひて歩めり
水銀の如き光に海見えてレインコートを着る部屋の中　　近藤芳美『埃吹く街』

といふやうな、近藤さんといへばすぐ話に出る高名な作品でも、これが、あの焼け跡の中の銀座通りを背景に置いて読むか否かで大きく印象が違つてくる。

「降り過ぎて」は近藤さん独特の舌足らずな言ひ方で、「雨がたくさん降つた」のではなく、さつと時雨みたいに降つては過ぎて行くのを意味するのだなどと言ひ合つてゐるうち、この歌で「透きとほる硝子の板を」背負つて歩いてゐるのは誰だらうか、短歌では普通それは作者＝私といふことになるが、この歌の場合は違ふよねといふと、皆さう解してゐたことが判つて安心したりした。

しかし、あのころの東京（わたしが初めて名古屋から上京してかいまみたのは確か、戦後三年目の昭和二十二年だつたが）を知つてゐるのと、ゐないのとでは大分印象が違ふ。焼けのこつてゐるビルのあひだを一人の男が、建築資材でもある大きなガラス板を「負ひて」歩む。その光景を絵画の一対象のやうに捉へた感性。

「水銀の如き」の歌も、シンポジウムのあと、聴衆の一人が、「この「部屋」といふのはアパートかなにかの一室のやうに思つてましたが、今の先生のお話ですと、銀座の清水建設（近藤さんの勤務先）の一室―たぶん設計室のことだときいて驚きました」といふのであつた。たしかにこの一首だけ読めばさういふ解が普通なのかも知れないが、毎日世田谷の千歳船橋の社宅から銀座のあのビルへ通つてゐた近藤さんを知つてゐる側からすれば、「水銀の如き光に」見える海は、もうさへぎるものもないわけだから、何階かの清水建設本社の社屋から見えてゐた東京湾以外のなにものでもないわけである。

かうした解釈のわかれ目は、作品である限り致し方のないものであらうか。作者は常に自分の表現したいと思ふところが正確に読者に伝はるやうに留意すべきなのだらうか。

3

近藤芳美の場合、『早春歌』（一九四八年、四季書房）といふ一九三六年から一九四五年の若いころの作品集と、戦後一九四五年十月から一九四七年六月までの『埃吹く街』（一九五二年、白玉書房）の作品群とは、一九四五年夏敗戦の時点を境にして鮮明に二つに折られてしまふ。

しかし、かういふことは、歌集がきれいに別れてしまふことはないにしても、たとへば斎藤茂吉の場合にもあつたし、柴生田稔の場合にもあつた。そして、戦後、歌を発表するときに、その作品が、戦前や戦中の自分の作品の特質によつて裁かれる、断罪されるといふことがあつた。

さういふことは詩の場合もあつて、詩人の戦争責任論といふ形で大きな議論を呼んだ。たとへば三好達治なども四季派の詩人の代表として吉本隆明からきびしく断罪された。

その点で、先に、前登志夫が詩人として出発するときに影響を受けた村野四郎の場合が思ひ出されて来た。

戦後の詩の世界で、荒地グループを中心に「戦後詩」とよばれる詩の領域があらはれる直ぐ前の時代に、西脇順三郎や村野四郎ら昭和戦前の「詩と詩論」にかかはつた人達が大きな発言力をもつてゐた時代があつた。わたしなどもその一人（前さんもさうだが）村野四郎を避けては通れなかつた。そして大きな影響をうけたものだ。ところが、その後状況が変つて、今では『戦後名詩選』（野村喜和夫、城戸朱理編）などをみても、西脇や村野の名はない。西脇の場合は、また別の観点から話題になることが多いが、あれほど大きな影響力をもつた村野の場合、今ではほとんど話題にならないのはどうしてなのだらう。

とりあへず、村野四郎の戦後の代表作の一つ「塀のむこう」を読んでみよう。

塀のむこう　　　　村野四郎

さようならあ　と手を振り
すぐそこの塀の角を曲って

彼は見えなくなったが
もう　二度と帰ってくることはあるまい

塀のむこうに何があるか
どんな世界がはじまるのか
それを知っているものは誰もないだろう

言葉もなければ　要塞もなく
墓もない
ぞっとするような　その他国の谷間から
這い上ってきたものなど誰もいない

地球はそこから
深あく虧《か》けているのだ

全部で十三行の詩だが、4・3・4・2といふ行数の四節が、見事に緊密に構成されてゐる。いつ読んでも、村野の詩には技の冴えがある。たぶん多くの人は、そこに惹かれたのだと思ふ。『現代詩の鑑賞』(草野心平編)にある、これも戦前派の伊藤信吉の鑑賞文を添へて置かう。

「『塀のむこう』にはどういう世界があるのか。その『塀のむこう』へ落ちていったのは誰なのか。答えを渋ることはできない。『塀のむこう』はニヒリズムの世界であり、そこへ落ちこんでいったのは私である。私の中の私である。その落ちこんでゆく私を、私はいかにしても抑えることができない。(以下略)」

宗教的救済を全否定したこのニヒリズムが敗戦直後の日本人に共感されたのはわからなくはないが、さて、この村野四郎に、一九三九年に出した『体操詩集』(アオイ書房)があった。日中戦争開戦後二年、いはば危い時期の出版だ。わたしはこの詩集を愛読したことがあり今も嫌ひではない。しかし(果せるかな、といふべきか)スポーツをテーマにした詩集には、一作毎に、一九三六年のベルリン・オリンピックの「民族の祭典」「美の祭典」を制作したドイツ女性監督リーフェンシュタールと写真家ウォルフの撮影した写真を組み合はせてゐる!

さあ、出たぞ。新即物主義のドイツの詩に共感して詩を書くのはいいとして、ナチスドイツの映画家や写真家の写真を組み合はせていいのか。

そもそも戦時下といふ違ふ時代の作品を、戦後といふ異質の時代の作品を基準にして裁いたり断罪することは正しいのか否か。『体操詩集』を紹介しながら次回にはこの問題を掘り下げてみたい。

時代と詩

建畠晢『死語のレッスン』／柴生田稔と芳美の歌／村野四郎の「鹿」

1

建畠晢《たてはたあきら》の詩集『死語のレッスン』（二〇一三年、思潮社）が、今年（二〇一三）の萩原朔太郎賞を受賞した。その選考にかかはつたのと、選考会で、この詩集を推した一人であつたため、今、その選考会の報告と、推挙（をこがましい言ひ分であるが）のことばを、この文章と並行して書かうとしてゐる。

誰でもいつでも、さういふことになるだらうが、毎夜、夢の中に入つてくるほど、文章を考へる。たとへば、プラトンの「ほんとうに知を愛し求める哲学のいとなみは、まさに死の練習である」（「パイドン」）といふやうな箴言はよく知られてゐるし、もつと簡潔に（その代りわかりにくくもなるが）「哲学とは死のレッスンである」ともいはれてゐる。

『死語のレッスン』といはれれば、「死後のレッスン」かなと思ふぐらゐの言葉遊びは、この詩集でなくても、現代詩の中にはたくさんある。たとへば、鮎川信夫の『宿恋行』（一九七八年、思潮社）の中の、これもよく知られてゐる「死について」の最終行は、

　口笛を吹きながらするシャドー・ボクシングが死のレッスン。

である。かういふレトリックは「引用法」あるいは、「引喩」あるいは「パロディ（パスティシュ）」といはれてゐて、プラトンを引用した上で重ねて鮎川信夫を引用しパロつてゐるのでもある。すると読者は、その引用法の重層性をおもしろがるわけだ。

おもしろがるためには、源となつた原典を、読者も知つてゐなければならない。

建畠さんは、一九四七年生まれの詩人であると同時に、美術評論家であり、現・京都市立芸術大学の学長（二〇一一—二〇一五）で、美術に詳しいから、わたしなどには、その言及してゐる絵画についてなど想像も及ばないが、多数の西欧の絵画・彫刻作品からの「引喩」もあることであらう。中世後期のドイツ人N・ラベオ・ノートカーの著作『死を想へ！（Memento mori）』に発するといふ絵画史上の名作は、どこで引用されてゐても不思議ではない（佐渡谷重信『絵画で読む死の哲学』を参考とした）。話を拡げれば、西欧の文学で、聖書やシェークスピア、あるいはダンテからの無断の引用のないものはないといはれ、近代でいへば、ゲーテの『ファウスト』などが、引用される対象となつてゐる。その引用の仕方によつてさまざまな美を生むわけである。

詩集のタイトルからだけでも、いろいろなことを考へさせる『死語のレッスン』については、内容にわたつて検討するとなれば、なほ一章を設けなければなるまい。

2

近藤芳美の歌については、生誕百年といふこともあつて、多くの人が書いてゐる。八月に岡山で行なはれた「未来」全国大会でも大辻隆弘、佐伯裕子、笹公人、黒瀬珂瀾の諸氏が、「近藤芳美の初期の歌を読み直す」といふシンポジウムを行なつた。論客揃ひだから聞きごたへがあつたが、若い、二・三十代の歌人の書くものを読んでゐると、いささか心もとないのは、近藤芳美に大きな影響を与へた柴生田稔（一九〇四—九一年）の歌をほとんど知らないで書いてゐるのであつた。

一例をあげれば、

生きゆくは楽しかりけりさまざまに一日《ひとひ》は過ぎて終《つひ》に思ふも

稔　一九四〇年（『春山』）

生き行くは楽しと歌ひ去りながら幕下りたれば湧く涙かも

芳美　一九四五年（『埃吹く街』）

といふ場合、この初句の類似は、ごく自然に生まれたもので「アララギ」では、尊敬する先人の語法を真似ても、それは盗作でもなければ、模倣でもなく、ごく自然な作歌法とされてゐたから、これをとがめる人はゐなかつた。和歌には本歌どりといふ「引喩」法が昔から行なはれてもゐる。

むしろこの稔と芳美の二つの歌は、初句が似てゐながら、内容は違つてゐるし、時代も戦中と戦後といふ、対照的な、違ふ時代の作品である。「生きゆくは楽しかりけり」は柴生田稔自身の、究極の思ひであるが、芳美のは、舞台の歌手の歌ふ言葉なのである。分析するのはた易いともいへる。

しかし、斎藤茂吉の高弟の一人である柴生田が、当時の「アララギ」でどんな位置にあつたのか、名歌集『春山』にまでさかのぼつて検討する位の用意がないと、そもそも、作品を論ずる資格がないことは、すこし文学や詩歌の世界をのぞいた人には皆わかつてゐる筈なのに、そのあたりの常識の欠けた歌人があらはれてゐることが、わたしにはつらいのである。
ただ、次のやうな例は、また、引用法とか模倣とかいつた視点とは違ふ論じ方を要求してくるであらう。

つきつめて今し思へば学《がく》と芸《げい》と国に殉《したが》はむ時は至りぬ　　稔『春山』
ただならぬ時は至りぬわがはじめ恐れしさまとややに変はりて　　同
三年《みとせ》のうちに移り来れる考へをすでにみづからあやしむとせず　　同
言挙《ことあ》げてさわぎ言ふとき黙《もだ》しつつ覚悟をきめし人をこそたのめ　　同

これらは昭和十五（一九四〇）年の歌である。稔は、この年、陸軍予科士官学校・教授嘱託となつてゐる。そして翌昭和十六年、陸軍教授に任官。その年の十二月八日に対米英戦争が始まつたのである。
他方、近藤芳美の場合であるが、昭和十五年に二十七歳で、九月広島連隊に召集され、船舶工兵として、中国湖北省武昌へわたつてゐる。そして昭和十六年、二月に揚子江上で負傷し、十二月対米英宣戦の後、病気（肺結核）のため広島へ転送されてゐる。

吾は吾一人の行きつきし解釈にこの戦ひの中に死ぬべし　　芳美『早春歌』

といふ作品は、おそらく、稔の『春山』の影響をつよくうけてをりながら、また、別の条件下に置かれた日本人としての覚悟の表明といへるだらう。稔の『春山』の中の、二・二六事件の時の作品や、茂吉の二・二六事件に反応した作品なども引用しつつ、その辺りを論ずることもできるし、今、芳美論をするなら、当然さうしなければならない。

このことは、戦後の『埃吹く街』を、『早春歌』の戦中の作品と重ね合はせて読むといふことにもなる。同じことは、稔の戦後の『麦の庭』や『入野』を読むときに、どのやうに『春山』をかへりみるかといふ問題に重なつてくる。

敗戦そして被占領とは、たとへやうもない大きな事態であつた。村野四郎を例にとつて、戦中の『体操詩集』と、戦後の『亡羊記』とを対照させながら考へようとしたのは、この問題なのであつた。そこへ話をつなげてみたいのである。

3

前回、『亡羊記』(一九五九年、政治公論社『無限』編集部)から「塀のむこう」を引用した。もう一つわかり易い詩を挙げてみよう。「鹿」といふ詩である。

鹿　　　村野四郎

鹿は　森のはずれの

夕日の中に　じっと立っていた
彼は知っていた
小さい額が狙われているのを
けれども　彼に
どうすることが出来ただろう
彼は　すんなり立って
村の方を見ていた
生きる時間が黄金のように光る
彼の棲家である
大きい森の夜を背景にして

動物を対象に選んで書かれる詩は、リルケの「豹」をはじめとして、少なくはないだらう。たとへ先蹤があつたとしても、この「鹿」はよく出来た作品だと思ふ。この詩が言はうとしてゐるのも、「塀のむこう」と同じやうに生と死の境界についてである。「彼は知っていた／小さい額が狙われているのを」といふ二行は、現代で言へば、建物の屋上にひそむスナイパーから狙はれてゐるのを知りながら、反政府デモに加はつてゐる少女を思はせるではないか。大きい森にあるのは「黄金のように光る」「生きる時間」であるが、森を出はづれると、死がまつてゐる。

そこで、戦後の『亡羊記』と、昭和十四（一九三九）年に出た『体操詩集』であるが、この本は、先に挙げた柴生田稔の『春山』中の作品の一年前に出てゐるといへば大体時代の見当はつくであらう。復刻版（ただし、戦後の詩集である『実在の岸辺』と併せて、であるが）が、二〇〇四年に、日本図書センターから出てゐるから、リーフェンシュタールとウォルフの撮影した写真と組み合はせた様子も、知ることができる。リーフェンシュタールは、先にも書いたやうに、一九三六年のベルリン・オリンピックの「民族の祭典」「美の祭典」を制作したドイツ女性監督である。ウォルフはドイツの写真家、ポール・ウォルフだといふことだ。

この詩集のデザインや編集には、友人の詩人北園克衛が協力したとのことだ。二人の詩人は当然、ナチスドイツの思想に共感してゐたと考へられても仕方がない。そして、そのことが、たとへば、柴生田稔や、近藤芳美の当時の歌に示されてゐるやうな、思想的あるいは人生上の（職業人としての）苦悩をへての決断であつたかどうかは、わたしにはわからない。

けれども、ファシズムについても、ナチズムについても、現代から簡単にまちがひであつたなどと即断できるかどうかは疑問である。林房雄の『大東亜戦争肯定論』（一九六四年、番町書房）が出て話題になつたのも、さう昔ではないし、読めば判るやうに、林の本は真面目な歴史研究の書物である。

ここまで前提を置いて、『体操詩集』から作品を出してみよう。

体操　　村野四郎

僕には愛がない

僕は権力を持たぬ
白い襯衣《シャツ》の中の個だ
僕は解体し、構成する
地平線がきて僕に交叉《まじは》る

僕は周囲を無視する
しかも外界は整列するのだ
僕の咽喉は笛だ
僕の命令は音だ

僕は柔い掌をひるがへし
深呼吸する
このとき
僕の形へ挿される一輪の薔薇

この詩につけられてゐる写真は、右足を一歩前に出し両手を高く頭上に揃へて挙げた男を、やや右前からとつた写真である。背景には競技場の周りにつめかけた群衆が写つてゐる。

詩の内容は、簡明といへる。一種の、即物的な描写詩である。ただ「僕には愛がない／僕は権力を持たぬ」といふ二行と、最終行の「僕の形へ挿される一輪の薔薇」とは、解釈が読者によつて分かれるかも知れない。なぜか、一行一行のすすめ方は、『亡羊記』の作品に似てゐる。はるかに、陰影にとんだものとはいへるが、戦時下の作品と、戦後の作品に共通するものがある。「僕には愛がない／僕は権力を持たぬ」といふ詩句から、政治的思想をひつぱり出すことはできまい。

戦後六十八年たつた今夏は、テレビでも新聞でも、「あの戦争とはなんだつたのか」といつた番組が目立つた。今まで口をつぐんでゐた、かつての兵士軍人たちが口を開いた。

わたしたちは戦後、兵にとられたり軍に入つたりして、柴生田稔や近藤芳美のやうな表白をすることはなかつた。しかし、若いころから現在まで思想的な変転は経験した。それならば一体、若年時の作品と、中年以降の作品とはどのやうに繋がるのか。村野四郎の例は、それを解く一つの実例かも知れない。

文月悠光の詩
新・百人一首／中島敦と中原中也の歌　文月悠光『屋根よりも深々と』／野口あや子の歌／続

毎晩のやうに、就眠読書に詩集（ときには同人詩誌の中の一篇の詩）を読むことにしてゐる。これも一篇の詩を、いろいろな時間帯や気分の中で読む練習のつもりである。

大体は、午前〇時前後の時間帯で、これを読みさへしたら、あとは眠るだけの状況である（わたしは、いつでもすぐに眠れるたちである）。

第一詩集『適切な世界の適切ならざる私』（二〇〇九年十月、思潮社）で、二〇一〇年に第十五回中原中也賞を受賞した文月悠光《ふづきゆみ》が、今度第二詩集『屋根よりも深々と』（二〇一三年八月、思潮社）を出した。

文月悠光は一九九一年札幌生まれだから、第一詩集は高校生のときの作品だ。上京して今は早稲田大学教育学部国語国文学科に在籍中だ。

歌人でいふと、今、第二歌集『夏にふれる』（二〇一二年七月、短歌研究社）で論議をよんでゐる野口あや子（一九八七年生）と比べて読んでいいかと思ふが、実は、野口と文月では、読んだときの印象は違ふ。それは散文詩と短歌の詩型の違ひだけではない。

野口も、通信制の高校を卒業してから、愛知淑徳大学文化創造学部の表現文化専攻に在籍して今春卒業してゐる。その間、学長の島田修三（歌人）のゼミをうけたりして、また小説家で同大学准教授の諏訪哲史の指導をうけた。『夏にふれる』は、その諏訪哲史の「解説――三十一文字の私小説」を添へて出版されたのだ。

文月と野口を、何となくわたしは、比べるやうにして読んでゐたが、今あらためて読み直してみると、違つてゐるところの方が大きいかと思はれて来たのは、なぜだらう。

文月の第二詩集から「大きくなったら、なれますように」といふ一篇を読んでみる。「あとがき」に「本書に収めたのは、十七歳の春から二十一歳の冬にかけて綴った二十一篇である」と書いてゐるから、故郷の札幌を出郷して上京し大学に入つた作者を想定しながら読んでみよう。

大きくなったら、なれますように　　文月悠光

どうやら生かされるらしい。

ひとは大きくなって初めて
〝何か〟になるので、
足が伸びている内は他人だ。
わたしはいつも
他人の生々しい呼吸音を
起きぬけに聞く

　　それが止むことを
　　切に願っている。

　ここまでが最初の十行（一行空きを含む）である。身長が伸びつつあるたぶん十代の女性が、こんな風に感じて、詩に表現したことは今までなかったらうと思ひながら読む。毎朝起きぬけに聞く「生々しい呼吸音」は、まだ「他人」である自分の呼吸音で、わたしは、まだ「〝何か〟」になつてゐないのだ。だからこの呼吸音も、「他人」のそれなのだといつてゐる。こんなことを、成長期のわたし自身は感じもしなかつたし、むろん言葉にすることもなかつたなあと思ひつつ読む。
「どうやら生かされるらしい。」といふ一行の意味は、まだ謎めいてゐる。次のセクションへ進まう。

　　七夕の日の教室で、わたしたちのダンスは晴れやかだった。色とりどりの短冊がさんざめくその
　　下をくぐって、
　　「大きくなったら、なれますように。なれますように」と手を叩く。
　　そのとき、わたしたちの可能性は自明であったから、祈ることが歓びだった。
　　踊り疲れた手足が血を流す頃、わたしたちは大きくなりすぎていた。指し示す間に、星は移ろっ
　　ていった。もう戻ってこない短冊、笹の陰からわたしたちを見よ、その眼差しでまっすぐに射抜
　　いておくれ。
　　ささやいておくれ。

「誰でもない誰かになれますように」。

ここまでが、第二節の九行である。「七夕の日の教室」は、なんとなく高校最後の年の七夕のやうに思へる。しかし、大人になれるだらうか、大人にならせて下さいなどと、祈つてゐるこの少女は、わたしには不思議な生きものである。「大きくなったら、（大人に）なれますように」と手を叩いて踊る少女たちなどゐるのだらうか。これは作者文月の創造した七夕の踊りに違ひない。皆は、短冊に勝手な願ひを書いて、ちよつと手を合はせて、たはむれごころをこめて、願ひをとなへたのだらうが、そのことを、「他人」を脱して大人になれますようにと祈つたのだと、解釈し、意味づけたのは詩人の文月の創作であつたらう。「誰でもない誰か」さういふ個性を持つた「誰か」になりたいといふ願望は、よくわかるが、それを「足」（つまり肉体）の成長とつなげて願ふといふのは、詩人の発想であつて、誰でもがすることではない。

第三節（終節）を写す。

大人になれば〝何か〟になれる、
という予感が
わたしを空へ引き寄せる。
空の青は近くてとおい。
抱く前に、腕からこぼれる。

目覚めた今
聞こえるのは
はばたき
やわらかい腕の上下。
滑空すれば、
風が〝わたし〟を縫いつける
何者なのか知らないが、
ひとは大きくなると
生きはじめるのだ。

この十四行は、成長物語の結語のやうにも読めるが、いくつか謎もある。「大人になれば〝何か〟になれる、／という予感」は、誰しもあつて、それを意識しないだけのことだともいへる。しかし、これは自明の理で、なにもあれこれとその可能性を悩むこともあるまいともおもへるのに、文月悠光は悩む。
それが自分を「空」へと、引き寄せるとはどうしてだらう。「空」でなくてもいいのに、なぜ空なのだ。「抱く前に…」といふのは、その空の青を抱きしめようとするのだが、腕からこぼれてしまふのであり、「近くてとおい」空なのだといつてゐる。この比喩自体が適切だつたかどうか疑はせる詩行だ。

「目覚めた今」とは、第一節にあつた「起きぬけ」の体験とつなげて考へてもいいのだらう。ここでは呼吸音を「はばたき」、つまり鳥のはばたきに喩へてゐる。「滑空すれば」もその鳥の飛ぶさまを思ひ描いてゐる、目覚めたばかりの少女を思つてもいいだらう。風が起きて、その風が、「〃わたし〃」の身体や思考を、床の上に「縫いつける」のだ。

終りの三行は、すでに「何者」かになつた、大人の自分、「大きくな」つて、「生きはじめ」た自分を、空想してゐるところかも知れない。

大人への成長への怖れと希望の向かうには少女の成長しつつある肉体がある筈なのだが、文月の詩には、性の意識はほとんどなく、ただ思索、言つてみれば哲学的な思考がいくつかの比喩を通じて表現されてゐるのである。

野口あや子の『夏にふれる』は、始めに比べてみようと思つて名を出したのだが、それは無理のやうに思へて来た。しかし、折角だから、いくつか歌を挙げてみる。

そういうこともありますよねって言ったときひとりで見ていた黒い川がある　　野口あや子

言葉からついてくる身体だと思う足にタイツを巻き付けながら

こいびとという定型を壊さないいやわれが壊れないようにぶつかりき

ひとすじがひとすじに辿り着けるとはかぎらず貨物列車の朱さ

「ひとすじ」の歌など、どこかへ辿りつくことの不安、あるいは疑惑を歌つてゐる。だが、それはもう、成熟した女性の思考であり、思量とか思念といふよりも、生活の中に生じた、たとへば恋心の、愛の達成についての、疑惑であつて、よく判るのである。これは文月の詩とは、別の世界の抒情だといつていいだらう。

＊

わたしは、いま、『新・百人一首――近現代短歌ベスト一〇〇』（二〇一三年、文春新書）の続篇（さしあたりは雑誌の企画だが）にかかはつてゐる。そのため生じた疑問を、ここに書いて、一つの問題提起としたい（これが、今回の第二のテーマである）。

続篇では、いはゆる専門歌人とは違つて、他に表現の道具をもつてゐる人の短歌をあつめてみようといふのだが、一体、専門と余技の関係とはどういふことなのか。

樋口一葉を例にあげるなら、なるほど、小説家として知られてをり、わたしたちもそれを読んで納得する。しかし一葉は、いはゆる旧派系の歌人として出発し、歌人の自覚をつよくもつてゐた。アマチュアの歌人ではないのである（ただし、その和歌を現代の眼でどう評価するかとなると、人によつて説が分かれるだらうが）。

同じやうなことは、芥川龍之介や森鷗外の詩や歌についてもいへる。しかし、辞世だけが残つてゐる三島由紀夫となるとこれは事情が違つて来る。三島は、歌人とはいへない。

最近読み直した例でいへば、中島敦と中原中也がある。小説「山月記」や「光と風と夢」で知られる、秀でた小説家の敦には「和歌《うた》でない歌《うた》」があり、いくつかの章にわかれた大連作である。以下、全集の伝へるたくさんの歌篇は、いはゆる歌壇の歌とは離れた歌どもではあるが、その量その質ともに無視できるものではない。すこし引用して置く。

パイの歌

日曜の朝はのどかにパイ食はむかの肉厚きアップル・パイを　中島　敦
ふくろかにひろごる雲を見上げつつ朝《あした》のパイを食へば楽しゑ
日曜のパイを大きみチビの顔クワン〳〵だらけになりにけるかも

古語や文語を使ふかと思へば「クワン〳〵だらけ」（食べ物を口のまはりにつけて、それが乾いてしまった状態を示す俗語）を用ゐる。歌の全体の韻律への感覚は、少し古風ではあるが、わるくない。中原中也の場合は、旧制中学の時十五歳ごろの作品だが、有名なダダイスト中也の詩とはまた別の味はひがあり、晩年の短歌と共に、詩とは独立に読めるのだ。

やせ馬の声の悲しく秋の気にひびきてかへす秋闌《た》ける頃　中原中也
うねりうねるこの細路のかなたなる社《やしろ》の鳥居みえてさびしき
この路のはてにゆくほど秋たけてゐるごとく思ふ野の細き路

「秋闌ける野にて」と題する歌だ。十五歳の少年にして成熟した詩想といはねばならない。詩が本業で、歌は余技などといふわけにはいかない。

二つ以上の表現の具をもつた人における歌とは、一体なんだつたのか。それを考へさせる好例だともいへる。

飯島耕一の定型詩

飯島耕一「ジャック・ラカン」「他人の空」／九鬼周造の詩／立原道造「のちのおもひに」

二〇一三年十月十四日、詩人の飯島耕一が亡くなった。わたしは読売新聞社の文化部にたのまれて同紙夕刊に追悼文めいた一文を草した。しかし、おそらく適任ではなかった。

わたしの見るところでは、俳人・詩人の加藤郁乎《いくや》が適任なのだが、郁乎ももう故人だ。飯島耕一の所謂、定型詩の実物に当ってみて、それが、たとへば、同じ定型詩として知られてゐる十四行詩《ソネット》とどのやうに違ふのか考へてみたい。

耕一の、よく知られた押韻定型詩に「ジャック・ラカン」がある。四行七節の詩だ。

ジャック・ラカン　　　　飯島耕一

ジャック・ラカン
こりゃもう　あかん
方広寺の　羅漢《らかん》
闇には　如何《いかん》?

母親にかまってもらえなかった
その代償行為だった　ラカン
たくさんの論争だった
傲慢は　いかん

それでも　いたるところ　ラカン
アンベスィール
アヌリィ
そして　ピュルゴンの輩に罵言《ばげん》

雨引《あまひき》観音　のラカン
休憩所の古畳での　お結びの赤飯《せきはん》
同業者を　やっつけ過ぎて
孤独になった　ラカン

ぼくは親しむ　そんな　ラカン
休憩所の　やかん
口飲みしては　いかん

猛烈な　臭気　車の窓を閉めてもあかん

豚の子がぞろぞろ
コギトの研究はもう止めだ
脱＝自由詩の
脱走だ

セックスはもうたくさん
うまい酒がのみたいね　たくさん
ジャック・ラカン
こりゃもう　あかん

この詩が、「ラカン、あかん、羅漢、如何」のやうに脚韻を踏んでゐるのは誰でもわかる。では踏韻とは詩にとつてどんな意味をもつてゐるのか。
飯島は、二十代のころには「他人の空」のやうな非定型、非押韻詩を書いてゐたが、晩年になつて押韻定型詩を主張した。この変化はなんなのか。

他人の空　　　　飯島耕一

鳥たちが帰って来た。
地の黒い割れ目をついばんだ。
見慣れない屋根の上を
上ったり下ったりした。
それは途方に暮れているように見えた。

空は石を食ったように頭をかかえている。
物思いにふけっている。
もう流れ出すこともなかったので、
血は空に
他人のようにめぐっている。

これは一九五三年、耕一二十三歳の時に刊行された詩集にある詩で、「不思議な感性の望遠鏡で、戦後の青春の不安と疎外感を定着した」（大岡信。新潮社版『日本詩人全集34』の解説）と解説される。
この初期の詩も、不思議と、五行二連といふ、意図せざる行数の擬似定型化を示してゐる。また、「来た、ついばんだ、した、見えた」も意図しない脚韻を踏む。第二連にしても「いる」「いる」「いる」と一、二、五行目が、意図的でない韻を踏んでゐる。これは偶然なのか、それとも耕一の生理的な言葉癖なのか。

押韻の話ともなれば、当然、九鬼周造の古典的名著『文芸論』（一九四一年、岩波書店）の中の「日本詩の押韻」をゆつくりと読み返さねばなるまい。わたしは、一九六三年、『短詩型文学論』（紀伊國屋新書）の中の「短歌論——韻律論をめぐる諸問題」を書いた時、九鬼の論を熟読した。たしか、日本語の場合、脚韻はごく自然に踏み易いので、頭韻を踏む方が意味があると知つたやうに今、覚えてゐるのだが、あれはわたしの読み違ひだつたらうか。

九鬼は、哲学者だし、飯島はフランス文学者だが、二人共にフランス留学の経験があり、フランスの思想や文学に詳しい。九鬼の実作も、前掲書に載つてゐるが、それを読んだ時には、魅力を感じなかつた。

九鬼の「寄草発思」といふ押韻詩の始めの二節だけ、写してみる。

寄草発思　　　九鬼周造

蓮華草《れんげさう》、蒲公英《たんぽぽ》、すみれ
摘みにし吾妹《わぎも》
見ず久《ひさ》に降る初しぐれ
痛《いた》む村肝《むらぎも》

あてもなくさ迷ふ秋野
尾花穂に咲く
寂しさに培《つちか》ふ愛の
形而上学

一行置きに脚韻を踏んでゐるのがわかるが、飯島にくらべると、真面目で、「言葉遊び」の要素は少ない。あまり面白くはない。飯島が、九鬼の仕事や実作をどのやうに見てゐたのか知りたいところである。

わたしは、もはや答へてくれることのない飯島に答へを強要するやうなことは書きたくはない。ただ、折角多くの人が挙げてゐる詩でもあり、わたしも、今、全文引用したのだから、「ジャック・ラカン」についてはもう少し注記して置きたい。ラカンは一九〇一年生、一九八一年没。『寝ながら学べる構造主義』（内田樹、二〇〇二年、文春新書）から、詩の題名のラカンについてのところを引いてみる。「フーコー、バルト、レヴィ＝ストロースのあと、最後に私たちは『構造主義の四銃士』のうち最大の難関であるジャック・ラカンについて語らなければなりません」「構造主義者の書く文章は読みやすいとは言えません。特にラカンは、正直に言って、何を言っているのかまったく理解できない箇所を大量に含んでいます」

七〇年代から八〇年代にかけて、日本でもフランスの思想家たちによる所謂「構造主義」の本がよく読まれ、わたしも大きな影響をうけた一人だが、ラカンは難解で、代表作『エクリ』も翻訳が出たにもかかはらず歯が立たなかつたのを覚えてゐる。翻訳もよくなかつたなどといつてみたつてそれは負け惜しみである。

「しかし、おそらくはその難解さゆえに、ラカンについて書かれた解説書や研究書の多さは他の構造主義者とは比較になりません。（略）ラカンについてはいまだにたいへんなハイペースで研究書が量産されています。それだけ『謎』が多いということでもありますし、それだけ多く刺激的なアイディアを含んでいるということでもあります」

「ラカンの専門領域は精神分析です。ラカンは『フロイトに還れ』という有名なことばを残していますが、そのことばどおり、フロイトが切り開いた道をまっすぐに、恐ろしく深く切り下ろしたのがラカンの仕事だと言ってよいと思います」

この紹介でみる限り、飯島の「ジャック・ラカン」は、ラカンの哲学的仕事についてはほとんど触れてゐないとわかる。

第一節の「こりゃもう　あかん」といふのは、ひよつとすると、難解で歯が立たないことの歎声なのかも知れないが、別にさう言つてゐるわけではない。

二節目以下に出てくるエピソードは、おそらくラカン伝の中のものだつたかも知れないし、そこへ自分自身を投影させてゐるとも読める。

母親にかまつてもらへなかつた代償行為としての「たくさんの論争」とか、「同業者を　やっつけ過ぎて／孤独になった　ラカン」とかいつた詩行は、そんなことをうかがはせる。

飯島は岡山出身で、関西ことばが（「あかん」とか「いかん」とか）入るのは当然だが、この「ジャック・ラカン」の主題は、ラカンが特異な思想家で、広く日本人に親しまれてゐるわけではない点を思へば、一般向きとはいへないだらう。つまり、読者層を限定してしまふといふことだ。

『中庭』創刊のことば」で飯島はこんなことを書いてゐた。

「旧来の自由詩の詩法は、すでに大方破産しているとして大きな間違いはないであろう」

「わたしは、この詩の危機を克服するために、定型詩の方法を模索し、提唱し、やはり押韻詩でなければ、事は結着しないと考えるに至った」

「押韻は『ことば遊び』ではあるが、その深層に、人間の本質、人間の声、人間の魂の救済にかかわる大切なものに響き合うものを見ないようでは、その詩人は、たとえ個性的な意見や思想や感覚の持ち主であっても、自由のための抵抗者であってさえ、真の詩人と呼ぶことはできないのである」

なんとなく、孤独な、悲痛な宣言のやうにも響くのだがどうであらう。

短歌の世界でも、詩の世界と同じやうに、八〇年代以降、定型の韻律（音数律）を守る傾向が強くなつてゐる。あへて、新しい定型を、多行押韻詩のやうなものを模索する動きはほとんどない。時代はその方向に動いてゐるといつてよく、飯島の試行が、時代に反した行為だつたことは、明らかだらう。

飯島にとつて、なぜ（ヨーロッパの詩に倣った）脚韻だつたのだらう。むしろ日本語なら頭韻を試みた方がよかつたのではないか。また、飯島は、加藤郁乎と同じく、近世の俳諧を好み、それを評価したが、現代に生きてゐる定型詩である、現代短歌や現代俳句をどう思つてゐたのか。自ら、短歌、俳句を作ることをしなかつたのは、まことに残念だと思ふが、いかがであらうか。

飯島は「わたしは定型詩と言って、すぐに立原道造のソネットを想起するような方向を考えてはいない」と言つて、金子光晴の詩と詩論への親近さを言つたが、わたしは、立原道造を愛するものとして、その十四行詩を一つあげて置きたい。

のちのおもひに　　　立原道造

夢はいつもかへつて行つた　山の麓のさびしい村に
水引草に風が立ち
草ひばりのうたひやまない
しづまりかへつた午さがりの林道を

うららかに青い空には陽がてり　火山は眠つてゐた
——そして私は
見て来たものを　島々を　波を　岬を　日光月光を
だれもきいてゐないと知りながら　語りつづけた……

夢は　そのさきには　もうゆかない
なにもかも　忘れ果てようとおもひ
忘れつくしたことさへ　忘れてしまつたときには

夢は　真冬の追憶のうちに凍るであらう
そして　それは戸をあけて　寂寥《せきれう》のなかに
星くづにてらされた道を過ぎ去るであらう

日本版ソネットは、四・四・三・三（またはその変型）といふ、行数のきまりがあるだけで、韻は踏んでない。そこが西欧詩のお手本と違ふ。和風ソネットは、音数律もきめてないから、どこかのびやかである。作つてみればわかるが、それでも言葉を選び、定められた行にあはせる作業には、技巧がいる。そこがたのしいともいへるのだ。

飯島が、嫌はないで、十四行詩を書いてくれたら、飯島の「夢」がそこに定着されたかも知れないと思ひ、口惜しいのである。

塚本邦雄の『花にめざめよ』ソネット論
ボードレール「前世」／ヴァレリイ「失はれた美酒」

塚本邦雄に『花にめざめよ』（一九七九年十月、季刊銀花）といふ十四行詩集がある。十四行詩つまり西欧のソネットに模した詩である。しかし塚本のは「十四行詩の各一行は三十一音の短歌を以てこれに代へた。韻文定形詩が、原・十四行詩を形成するに、より効果的と感じたからである」と、詩集のはじめに置いた「七彩百花園綴織案内書」（序文のやうなもの）で解説してゐる。

詩集の初めに、かういふ正面切つた「案内書」を置き、思ひ切つた見解と意図を公にする。相当の覚悟ともいへるし、挑戦ともいへる。と同時に、塚本邦雄の余裕といふか、近代詩史の中で『月下の一群』や立原道造や谷川俊太郎たちの試みた十四行詩に対して、遊びごころをもつて対抗してゐるといつた気配がないでもない。

ともあれ、『花にめざめよ』の最初の作品を読んでみよう。

罌粟《けし》　　塚本邦雄

まひるまの渇き猩猩緋《しやうじやうひ》とおもへ石動《いするぎ》のみち往くさかへるさ
ひとよ初夏の別離再會行き違ひ老母《おいはは》獨活《うど》のごとくに立ちし

るるとして戀の末路をつづりしが夜の花蘇枋《はなすはう》影搖るるきし
もえいづるものこそ愛とおもはざれ砌《みぎり》の水に腐るくまざさ

ほとほとに凌霄花《のうぜんかづら》萠えをはるひとつまみ鹽ほどの愛がほし
のちの日に笛一管を殘すべしあやふき戀といへど血の濃さ
かはたれの桐はうすずみ莫逆《ばくぎやく》の友と戀びとちちははいさ
にれがめる牛のかたへに神ありと父は嘯《うそぶ》きつつなにをせし

たちまちに罌粟の睫毛《まつげ》のさへぎれる瞳の少女にて惡をなす
つたへてよ流離《りうり》の母ははつなつのその草刈りてしたたる汗《あせ》
はるる水みどりにさわぐ魂のみなとにむらがれる蝶を刺せ

雛祭祀《まつ》るべきものわれにあたへいもうとが美しき燈《ひ》を消す
罌《かめ》の水やみにしたたりおとろへてふたつの千鳥あそぶ荒磯《あらいそ》
粟飯をたびのゆふべにくひていまさら天翔《あまがけ》る戀なおもひそ

一首は二十六字に揃へられて一行に書かれてゐる。各歌の第一文字を折句式に拾ふと「まひるも、ほのかに、たつは、雛罌粟《ひなげし》」となる。「真昼もほのかに立つは火、な消し」とも読める。各行の脚が

「かへるさ」（第一行）と「くまざさ」（第四行）、「立ちし」（第二行）と「搖るるきし」（第三行）と韻を踏む。以下同様である。単に、短歌が十四首並んだだけではなく、折句式の操作と脚韻の工夫が加はる。とても技巧的な、といふことは、意味内容よりは修辞に心をつかつた作品だ。

作者が「絢爛たる花卉圖の贊として、あるいは絶妙の插畫を伴ふ詩歌として、おのづから他の場合とは制作意途も變らねばならぬ。この十四行字は、言葉による、すなはち文字を以てする刺繡、もしくはタピスリーと考へてほしい」（「七彩百花園綴織案内書」）と、自負するところもわかるといふものだ。また、脚韻については「たとへばボードレールの傑作『前世』を寫して（真似て――筆者）、十四行は四行句《カトラン》二聯と三行句《テルセ》二聯から成り、前者は〈ABBA・BAAB〉、後者は〈CDD・CEE〉となる」と言つてゐる。

塚本は、むろん、ボードレールの原作について言つてゐるのだから、訳詩を引用してみても、その音楽性（ABBA・BAABとかCDD・CEEとかいふ脚韻の構造は、その一つである）は示せないが、ソネットの四行句《カトラン》と三行句《テルセ》のもつ構造性はわかると思ふので、「前世」の訳（訳者・佐藤朔）を写して置く。

前世　　シャルル・ボードレール

ぼくは広い柱廊の下《もと》で　長く暮らした。
海の陽《ひ》は　千々《ちぢ》の火の色に染められ、
直立した厳《おごそ》かな太柱《ふとばしら》は、

たそがれに　玄武洞《げんぶどう》のようになった。

大波は　空の姿を揺すり、
波音の豊かな音楽の絶大な調べと
ぼくの目に反映する落日の色を、
荘重で神秘な仕方で混ぜ合わした。

ぼくはそこで静かな悦楽のうちに暮らした、
蒼空と、波と、きらめくものとに囲まれ、
香料にしみた裸《はだか》の奴隷たちに傅《かしず》かれて。

彼らは棕櫚《しゅろ》の葉でぼくの額《ひたい》をあおいでくれ、
ぼくを衰弱させた苦しい秘密とは何かと
知りつくすことを唯一《ゆいいつ》のつとめとした。

わたしは『フランス詩集』（浅野晃編、一九七五年、白凰社）から引用した。詩の原題は「La Vie antérieure」である。塚本が「ボードレールの傑作」と言つてゐるのはフランス語の原詩の方だから、訳詩からは、その歌はれてゐる大体の内容を知ることができるだけであるが、もう一方で、近代日本で西欧のソネットが、どのやうな形で伝へられて行つたかを知る一例にはならう。今は、十四行詩《ソネット》といふ定型詩のかたちについて復習しながら、塚本の試行が、いかに破天荒なものだつたかを実感しようとしてゐるのである。

もう一つ、有名な訳詩を挙げて置きたいと思ふのだが、それは堀口大学訳の『月下の一群』（一九二五年九月、第一書房）の中にあるポオル・ヴァレリイの「失はれた美酒」である。

失はれた美酒　　　ポオル・ヴァレリイ

一と日われ海を旅して
（いづこの空の下なりけん、今は覚えず）
美酒《びしゆ》少し海へ流しぬ
「虚無」にする供物《くもつ》の為に。

おお酒よ、誰か汝《な》が消失《せうしつ》を欲したる？
あるはわれ易占に従ひたるか？
あるはまた酒流しつつ血を思ふ
わが胸の秘密の為にせしなるか？

つかのまは薔薇いろの煙《けむり》たちしが
たちまちに常の如《ごと》すきとほり
清げにも海はのこりぬ……

この酒を空《むな》しと云ふや?……波は酔ひたり!
われは見き潮風《しほかぜ》のうちにさかまく
いと深きものの姿を!

かういふ実例をそばに置いてみると、塚本邦雄のソネットがいかに重苦しいものかわかるだらう。ヴァレリイのソネットでは、はじめの四行が、内容としては一首の歌に匹敵する。十四行は、せいぜい四首の歌で言へるかも知れない。

また、内容からいつて、物語は四行から次の四行へ、更に三行へ、そして終りの三行へと流れていつてゐる。海(どこの海だかは忘れたが)へ美酒を流した。この「海」「美酒」は一つの喩を成すことは言ふまでもない。

日本近代詩のみならず、現代詩についても詳しかつた塚本邦雄が、たとへば谷川俊太郎の『六十二のソネット』(一九五三年、創元社、俊太郎二十一歳—二十二歳時の作品)や、その続篇について知らなかつたわけはない。

戦後、一九五〇年代に交流がはじまつた時、まだ、ソネットといへば立原道造を思ひ、その模倣などしてゐたわたしに、谷川雁や吉岡實の詩集を教へてくれたのは、塚本であつたのだ。その塚本が、『花にめざめよ』を書いたのである。

もう一つ復習して置かう。詩の事典では、「ソネット」はどう解説してあるかを見て置かう。『現代詩大事典』（二〇〇八年二月、三省堂）によると、「ソネット（そねっと）sonnet（英）」は、「元来はヨーロッパの定型詩の形式の一つ」とある。わたしがこの「詩の点滅」といふ連載で常に意識して来た、自由詩対定型詩の、その定型詩の形式の一つが、（古代に中国からいはゆる漢詩として入って来たやうに）西欧からもたらされたわけである。事典は続いて言ふ。「一編は一四行。ルネサンス期にイタリアで創始され、F・ペトラルカと交友のあったG・チョーサーによってイングランドに紹介されて、イギリス詩を代表する詩形の一つとなった」。さういへば、シェークスピアのソネットも、訳詩を通じてわたしたちの手許には届けられてゐるのを思ひ出す。

事典のいふ「元来のソネットは韻律を重視し、押韻が重要な役割を果たすが、韻を踏むことにさまざまな問題点を含む日本語の場合、行数や連分け等、限られた面での模倣にとどまることが多い」といふところに、次なる重大な問題があることも、よく知られてゐる。塚本が、ソネット型式の一行を、短歌一首にかへて、脚韻に工夫を凝らしたのは、この問題にあへて立ち向かふ意志があつたからであることがわかる。

最初に戻って、塚本の「罌粟」を一首一首、いや一行一行を読んでみようか。

まひるまの渇き猩猩緋《しやうじやうひ》とおもへ石動《いするぎ》のみち往くさかへるさ

猩猩は「中国で、想像上の怪獣。毛は長く朱紅色で面貌人に類し、よく人語を解し、酒を好む」といふので、毛の色から「緋」（濃くあかるい赤色）といふのが導き出される。しかし作者はこの漢字の形や音《おん》に執着してゐるのだ。わたしのこのま昼間に覚える「渇き」とは、単に水が欲しいといふ生理的欲望ではなく、心の渇きを指してゐる。それが、まるで燃えるやうな「猩猩緋」の色をしてゐるといふのだ。この「おもへ」は「おもふ」と同じ、「こそ」が省略されてゐるのだ。

石動は、やはり、字のもつ形、音、石が動くといふ仮の意味をたのしんでゐるので、富山県北部にある土地とは直接関係はあるまい。ただ、その北陸の地の「みち」を往反するときにはげしい「渇き」を覚えてゐる感性の所在を美しく歌ひ上げてゐるのだ。

ひとよ初夏の別離再會行き違ひ老母《おいははう》獨活《ど》のごとくに立ちし

二行目になると、一行目を連作風に受け継ぐところはない。「ひとよ」は、「人よ」といふ呼びかけだらう。「一世《ひとよ》」「一夜《ひとよ》」と解くこともできるが、わたしは、誰かに「老母」のことを告げてゐると解いて置く。

「初夏」といふ限定も、一行目の「まひるま」と同じく、短歌において大切な、時間限定の方式だし、季節の詩に仕立てるありふれた方法だ。下の句の「獨活」も、漢字についてては、これまでと同じ見方ができるが、おそらく「獨活の大木」（身体ばかりは大きいが役に立たない人）といふ、周知の比喩がこの歌ではあてはまるのだらう。老母は長身の人が設定されてゐるのだ。獨活の若芽が食用にされるのは春だし、白い花が咲くのは八月—九月で初夏ではない。たまたま別離や再会や行き違ひが続いて、長身の老母が、凝然として立ちすくんでゐる様子を想像してもいいだらう。この一行は次の第三行とも連繫はしない。

るるとして戀の末路をつづりしが夜の花蘇《はなす》枋《はう》影搖るるきし

花蘇枋は「春、葉より先に、赤紫色の蝶形の花が密生して咲く。中国原産」(『大辞泉』)とある。「きし」といふ結句は「岸」と解く。漢字好みなのに「るるとして」の「るる」は平仮名にし「きし」もさうだ。恋の末路などといふ歌の主題と花が合はせてあるのも、花がテーマの十四行詩にふさはしいといふべきか。

このごろ面白かつた詩

松浦寿輝、日和聡子／時里二郎『石目』

「詩の点滅」を書きはじめてから、どのくらゐ日が過ぎたのか。自分では見当もつかない。遠い遠い昔。そんな気がしてゐる。

そして、塚本邦雄の『花にめざめよ』を読みかけたところで、中断したのが、昨日みたいに思へる。何度も、その続きを書かうとしたが、今のところ、書けてゐない。

日本経済新聞に、日経歌壇選者をやめるに当つて「今やろうとしていること」（二〇一四年四月十三日朝刊）を書いたときには、「詩の点滅」の再開も、視野に入れてゐた。しかし……。

毎日のやうに新しい歌集や詩集や句集、そして詩歌論集が贈られてくる。その、ごく一部分に目を通して、喜ぶこともある。嘆くこともある。今日は、「いいな」と思つたものについて書いてみたい。

「第五回鮎川信夫賞」の贈呈式には、やつとのことで列席することができた。松浦寿輝さんの受賞作『afterward』（二〇一三年、思潮社）から、会の時、選考委員としてわたしが朗読した詩は、「afterward」（二〇一一年三月二十九日「朝日新聞」に発表）だつた。

afterward　――2011・3・11

松浦寿輝

惨禍の一瞬がわたしたちの生を
「その前」と「その後」とに分断した
なぜかれらは（きみたちは）そんなに
平静なのか　平静でいられるのか　と
ある知り合いのフランス人が言った
呆れたように　なじるように
そう見えるだけだよ　とわたしは答えた
しかし　もし平静と見えるのなら
それはとても良いことだ　とも
なぜなら「その後」をなおわたしたちは
生きつづけなければならないから
悲嘆も恐怖もこころの底に深く沈んで
今はそこで　固くこごっている
それが柔かくほとびて　こころの表面まで
浮かびあがってくるのにどれほどの
時間がかかるか　いまはだれにもわからない
それまで　わたしはただ背筋を伸ばし
友達にはいつも通り普通に挨拶し

職場ではいつも通り普通に働いて
この場所にとどまり　耐えていよう
こころの水面を波立たせず　静かに保つ
少なくとも保っているふりをする
その慎みこそ「その後」を生きる者たちの
最小限の倫理だと思うから

写しながら気付くのは、一行が二十字以内に収まつてゐることだ。言葉が、周到に練られてゐることだ、選ばれてゐることだ。多分、なんどかの推敲の末に（頭の中のそれを含めて）成つたものだらう。

これは3・11の「その後」を唱つた詩であるが、同時に、わたしたちが常に、なにかの「その後」を生きてをり、生きなければならない存在であることへの、深い洞察を含んでゐる詩である。

肉親の死の「その後」。結婚、または離婚の「その後」。希望校への入学の「その後」。受験失敗の「その後」。わたしは自分の経歴を思ひ出しながら、こんなことを書いてゐるが、精神医学の教へる所では、食事の前と後では心の状態は一変するといふではないか。食事の「その後」は、心だけではなく、身体にも当然ありうるのであり、その大切さを、わたしは今、急性の消化器病の「その後」を生きてゐる身として日々痛感してゐるのだ。

むろん、この「afterward」は、第一義的には「3・11」の「その後」を書いた詩だ。たくさんの短歌がこのテーマで作られてゐるから、比較するのもよいだらう。

わたしは、「その後」の普遍性といった読み方をも許容する、すぐれた詩だと思ってこれを読んだのだ。

＊

『日和聡子詩集』（現代詩文庫二〇五、二〇一四年、思潮社）で、日和さん（一九七四年生）の詩を読んだときの新鮮なおどろきについて、書けるだろうか。自信がないが、書いてみよう。

犬師　　日和聡子

山吹のコートを着た
三百年生きた犬師に出会った。
「自分を引き取りに行く」
犬師はこう言った

本如の滝。
白札が立っていて
ここから飛び降りるのだと
犬師は言った。
本気の眼をして

しかしよれた帽子で隠れた

「三回だけ息つぎするが」
そのあとは言わなかつた。
大政奉還のときには
昼寝をしておつたよ
そう教えて
会議室のうらから
蟻道を下りて行つた。

儚いのは
有るものだけよ

そう言つて
なくなつた

第一詩集『びるま』（二〇〇二年、青土社）の巻頭にある詩だ。算へれば、作者二十代の作品だ。「犬師」などと言はれたつて、作者の創作した存在だが、こちらの想像し空想する存在ともなりうる

「犬師」といふ絶妙の命名が、以下、奇想天外な世界へと、当方を引つぱり込む。

「言つた」「出会つた」といふ時の「つ」が旧仮名風に大きく刷られてゐるのも、どこか意図的である。三百年生きてるんだから「大政奉還」のときに昼寝してゐても少しもをかしくない（他の詩でも、日和さんは、かういふ歴史ものを時々もち出して奏効してゐる）。「本如の滝」なんていふのも、「本所」を連想させつつ、うさん臭い。そこがおもしろい。滝にとび込んで、「自分を引き取」ることにする「犬師」。「会議室」なんて、なんの会議をするところか。かういふ、現実味のある設定と、夢の想定が、まことにうまく、からみ合つてゐる。

終りの、二行プラス二行の結び方の巧みさは、言ふまでもないだらう。「犬師」に出会つたのは誰だつたか。作者だと思ふが、さてこの犬師の死の一切を見届けてゐる作者とはなにものなのか。

*

この時期に、臥しながら読んで愉しかつた詩集に、時里二郎の『石目《いしめ》』（二〇一三年、書肆山田）があつた。

季刊詩誌「びーぐる」最近号では「詩のなかの小説　小説のなかの詩」といふ特集をしてゐて、それと関はるやうな、関はらないやうなところで、細見和之と山田兼士が三段組七頁にわたる「石目」論対談をしてゐて、興ふかく読ませてもらつた。

考へてみれば、今回とり上げた松浦さんも日和さんも小説家であつて詩人なのだ。『石目』の時里さんは、違ふ。

詩と小説といふ対《つい》の用語より、韻文と散文といふ捉へ方の方が、わたしは好きだ。『石目』は、中に書かれた短歌を除くと、散文であつて、韻文ではない。といへば、散文・韻文の定義が必要にならう。韻文必ずしも押韻してゐるとの意味ではない。押韻を含んだ、韻律への配慮のある散文を韻文とよんで、散文と区別するのだ。

『石目』は、長篇の詩のあつまりなので全文引用といふわけにはいかない。

巻頭の詩「ハーテビーストの縫合線」のはじめのところを引用する。

　ハーテビーストという、優美な羚羊《レイヨウ》の頭蓋骨の縫合線は、頭頂部へと遡行するにつれて、リアス式海岸の海岸線の地図のように複雑なじぐざぐを描く。縫合線は傷ではない。頭蓋のそれぞれの骨のパーツをしっかりと組み立てるための構造なのだが、どうしても傷跡に見えてしまう。

ここまでが、最初のセンテンスである。行のはじめの一字下げなど、ふつうの散文の書き出しと同じで、行分けを意識した詩ではないよ、と言つてゐるみたいだ。

話し手の「わたし」は一体誰なのか。作者イコール作中主体ではなさそうだ。

「骨格標本を集めた収蔵庫の、わたしのお気に入りの標本の一つである。」とか、「わたしがこの仕事をしていること、女でありながら、動物の死骸を扱い、骨を洗浄し、骨格標本を制作するという仕事は、ゆるぎないわたしの生のあり方なのだけれど、周囲の人たちは、何かわたしの心の傷が原因で選んだ仕事なのだろうと、親切にも推し量ってくれる。」とかいつた詩文が続くので、「わたし」は女性なのだとわかる。

「女は『生む性』であり、死に触れるこのような仕事にはかかわるべきではないと、露骨に忠告してくれた恩師もいた。戦闘や闘争を担ってきた男にこそ、『死』を扱うこのような仕事は相応しいと、敬意を抱いていた骨格標本技師から揶揄を込めて言われた時はつらかった。」といふやうな行文が続いて出てくる。

日和聡子風にいへば〈骨師〉ともいふべき女性が、〈骨師〉である自分を疑つてゐる、詩の一番終りのところを引用しよう。

わたしとはかかわりのないところで、わたしを動かしているもの、骨格標本技師として生きることを決定づけたという確信のようなものは、わたしには量りがたい。このハーテビーストの縫合線を見ていると、わたしの知らないところで、わたしの頭蓋の縫合線は描かれているのだという思いにとらわれる。それは傷跡ではないが、確かに人には傷跡に見えてしまう。
わたしの川の源流、わたしの生の水源。そこが何処にあるのか。むろん何処にもない。しかし、この偶蹄目の縫合線を見つめていると、何処にもないあの場所が、その縫合線によって縫い閉じられているのではないかという思いにとらわれてくるのだ。

こんな風にこの「ハーテビーストの縫合線」は終つてゐる。『石目』の全十篇の詩の、いはば序論、序文のやうな位置に置かれてゐて、結語である「シイド・バンク」と相対するみたいにも読まれるが、一篇の独立した散文詩（韻文）であることに間違ひはなく、短篇小説（散文）とは違ふのだ。

『石目』の中に「石目」といふ詩があり、その最初のところに、小さい活字で、詞書みたいに、二首の歌がかかげてある。

宙《なかぞら》にふはりと石を浮かしをり渡り石工の石目と告《の》りて
さへ沼に蓴菜《じゅんさい》取りの小舟あり小さきカミのひそと坐《いま》せり

この詩は、さきに挙げた「ハーテビーストの縫合線」とは全く関係のない、農業神イシメサンの話なのだが、作者の時里二郎氏（一九五二年生）の父君は、アララギ系の歌人だつたともきいてをり、この詞書風の二首もなかなかよく出来てゐる。

今日はこれ以上、『石目』には入つて行けないのが残念だ。

「詩の点滅」も、今後は、こんな調子でゆつくりと書いていくつもりだ。

与謝野晶子の歌と詩　『夏より秋へ』

今、与謝野晶子（一八七八―一九四二年）の第十一番目の詩歌集『夏より秋へ』（一九一四年）の、詩の解読をしつつあるところ。『夏より秋へ』は、それまでの十冊とは違つて、詩（文語、自由詩）がたくさん入つてゐるのが特徴的な詩歌集である。

晶子三十六歳の時の出版である。晶子が夫寛の渡欧のあとを追つてパリへ行つたのは、一九一二年（明治四十五年）五月のことであつた。

その年の十月には、晶子は単身、帰国してゐる。『夏より秋へ』の短歌には、この滞欧時のことを歌つた歌が多く、どれもよく知られてゐる。

三千里わが戀人《こひびと》のかたはらに柳の絮《わた》の散る日にきたる
ああ皐月《サツキ》佛蘭西《フランス》の野は火の色す君も雛罌粟《コクリコ》われも雛罌粟

かういふ高名な歌が好きだから引用したのではない。三十四歳（晶子渡欧の年）にもなつて、夫のことを「わが戀人」と呼んだり、雛罌粟《ひなげし》の花にたとへたり、変つた人物であるには違ひない。

わたしは『夏より秋へ』の歌の中では、

人の世の掟の上のよきこともはたそれならぬよきこともせん
まぼろしに目に見ゆること少しづつ異りゆくも哀れなるかな
口びるを押しあつるごとくれなゐの椿ちりきぬ手のひらの上

のやうな、反社会的自我を歌つたり、幻視を歌つたり、自然を歌ひつつそれにとどまらない歌が好きである。シベリア旅行中の、

かず知らず静脈のごとうちちがひ氷る小川と鈴蘭の花

のやうな歌も、比喩もきまつてゐるし、知的な作り方がいいと思ふのだ。

わが心よし狂ふとも戀人よ君が口よりをしへたまふな

といつた自意識は、一方で感情に溺れやすい自分とは別に、すこし覚めた自我を意識してゐる。

そこで『夏より秋へ』の詩の話になるが、この詩歌集は、「文学博士上田敏先生に献ず」と献辞があつて、敏の『海潮音』（訳詩集）を暗に意識してゐるのがわかる。

上巻、中巻は、短歌集で、下巻が詩集である。一〇二篇の詩が収められてゐるのだから、かなり大

きな詩集である。

ついでに言ふと、『夏より秋へ』は、一頁二首組の短歌の頁には、藤島武二による挿画（緋色といふか、朱色といふか明るい紅で印刷されてゐる）が見開きの左右にある。多く花、植物の画だ。

本の装飾といふ面でも、美しくたのしい本である。その他に晶子自身の画いた画が（「著者習作二畫」として）巻頭に一枚、巻末近く、詩の間に、カラーでかかげられてゐる。一枚は「フオンテンブロウの白樺」であり、もう一枚は「モンサウ公園」である。フランスに居た間にスケッチをたのしんだのだらうか。

この一冊『夏より秋へ』一巻だけを対象にして、雑誌の特集または研究紹介の一冊の本があってもよさそうだと思ふほど、わたしはこの詩歌集に、今ほれ込んでゐるのだが、晶子ファンでもないのに自分でも妙だとは思つてゐる。

「下の巻」の三十四番目の詩をあげてみよう。原著ではXXXIVと横組みローマ数字が作品の頭にタイトル代りに刷つてある。

米《こめ》の値《ね》の例《れい》なくも昂《あが》りければ、
わが貧しき十人の家族は麦《むぎ》を食《くら》ふ。
子供等は麦を嫌《きら》ひて
「お米の御飯《ごはん》を」と叫べり。
麦を粟に、また稗《ひえ》に改《あらた》むれど、

なほ子供等は「お米の御飯を」と叫べり。
子供等を何と叱らん、
母も年若くして心には米を好めば……
「部下の遺族をして窮《きゆう》する者無からしめ給はんことを。
我が念頭に懸《か》るもの之《これ》あるのみ」と、
佐久間大尉《たいゐ》の遺書を思ひて今更に心咽《むせ》ばるる。

この詩は、寛の渡欧前の作だらうか、あるいは後だらうか。「子供等」が出てくるから、年譜で調べてみると、
一九〇二年（明35）長男光誕生。晶子24歳
一九〇四年（明37）次男秀《しげる》誕生。晶子26歳
一九〇七年（明40）長女八峰、次女七瀬誕生（この双生児の名付親は確か森鷗外だった筈）。晶子29歳
一九〇九年（明42）三男麟誕生。晶子31歳
一九一〇年（明43）三女佐保子誕生。晶子32歳
一九一一年（明44）四女宇智子誕生。晶子33歳
一九一三年（大2）四男アウギュスト（昱《いく》）誕生。晶子35歳
この詩をあげて論評した研究者としては浜名弘子がある。『与謝野晶子　人と作品』（福田清人編、浜名弘子著、一九六八年、清水書院）から、引用する。

「当時（大正三年）の与謝野家の窮状を、これほど生まなましく伝える作品はない。四男四女と夫婦という総勢十名におよぶ大家族の生計が、ほとんど晶子のペン一本によって支えられていたのであるから、いかにかの女が多作であっても、その生活は困窮したものであったろう。何の説明も要さない詩である（以下略）」

研究者としてはそれでよいだらうが、わたしは、この詩の技法上のおもしろさを思ふのである。「わが貧しき十人の家族」といつてゐるのだから、やはり四男アウギュスト（昱《いく》）の生まれた一九一三年（大正二年）以後に作られた詩と考へるのが、合理的だらう。しかし、この詩は一〇二篇の中で、比較的前の方に置かれてゐる。そしてこの詩のあとに、夫の寛の渡欧の時の詩が出てくる。

つまり、詩は制作順には並んでゐないといふことになる。この並べ方に作者の意図があつたのかどうか。米価の値上りといふ社会的事件をうたつたこの詩を、前の方に出したことに、作者の詩集編集の一つの狙ひがあつたと、とれなくもないのだ。

この詩は、一行目で、例なくも（珍らしいことに）米の値が昂つたと言つてゐる。二行目も率直で「わが貧しき」といひ、「十人の家族」といひ、ずばり「麥を食ふ」といふ。ずばりと言ふところが特徴だ。

浜名氏は与謝野一家の生活を「生まなましく伝える作品」といつたが、リアリズムの作品ではない。かりに一九一四年の作とすれば、長男光は十二歳だ。双子の八峰、七瀬は七歳だ。三男麟以下は五歳未満だから、「お米の御飯を」と叫ぶだらうか。母親の与へるところを甘受して食べるのではないか、麦飯を、稗飯や粟飯を。

つまりこの詩は、さういふ「わが貧しき十人の家族」の、米飯をほしがる叫び声を、詩の上で見事に、象徴主義的《サンボリズム》に表現してゐるのだ。米の値の高騰があつて、自分たちの食生活が変るといふ社会的な意味合ひなど、子供たちには判つてはいない。ただ、いつも出てゐた白い米飯が消えて、いつのまにか不味い（食べ慣れない）麦飯、稗飯に変つていく。このあたりも、要領よく書かれてゐるが、麦、粟、稗と次々に変ることが現実にあつたといふよりは、雑穀の名を詩語として働かせて、詩をにぎやかにしてゐる。晶子の詩の技法は、なかなか冴えてゐる。

ところで子供等は出てくるが、夫の寛はどうしたのか。あとで寛の出てくる詩を出してみるから、比較してみると判る。

「母も年若くして心には米を好めば………」といつて母（晶子自身）を出してゐる。「年若くして」は、若いころから心の中ではお米がいいなあと思つて来たので、の意だらうか。今も「年若」いので子供達と同じく米がいいなあと思つてゐるので、の意だらうか。子供らを叱りにくい理由をあげてゐるあたり、ユーモラスともいへる。

そこで、この詩の終りの三行で佐久間大尉が出てくるところは、どうなのであらう。

辞書的な知識にすぎぬが、

「佐久間勉《つとむ》。一八七九・九・十三生—一九一〇・四・十五広島湾にて没。海軍軍人。一九〇一年海軍兵学校卒業。一〇年四月十五日、潜水艇第六号艇の艇長として広島湾で潜航訓練中、艇が機械故障で沈没し、十三人の乗組員とともに酸素が尽きて死亡。このとき最後まで沈没の原因などを遺書に書き続けたため、軍神として有名になった。殉職時は大尉、死後少佐に昇進。」（ブリタニカ国際大百科事典）

作者晶子自身とは直接関係ない米価高騰と、その結果として生じた、家族全員の食生活の変化といふ、詩の前半の話と、佐久間大尉の遺書はどう結びつくのか。「窮する者無からしめ」ようといふ思ひは、むろん、家族を思ひ、その生計をになつてゐる晶子にもあつたに違ひないが、ここへ、急に、海軍軍人の遺書が出てくるのはいかにも唐突だ。その時代の、皆にしれわたつたニュース記事をここへ持つて来たといふだけのことなのか。しかし、この三行の付加でこの詩は、急に社会性を帯びたともいへる。

いはゆる「米騒動」が、北陸の農民を中心におきたのは、この詩の四年後、一九一八年（大正七年）のことであつて、その時、晶子は「太陽」に、「食糧騒動について」といふ評論を書いた。その一節は次のごとくだ。

「このたびの三府一道三十余県という広汎な範囲にわたって爆発した民衆の食糧騒動は天明《てんめい》や天保《てんぽう》年間の飢饉時代に起ったそれよりは劇烈を極めて、大正の歴史に意外の汚点を留《とど》めるに到りました。」「誰も知る通り、この騒動の直接の原因は物価の暴騰で、就中《なかんずく》米価の法外な暴騰にあるのですが、間接の原因としては、物価の暴騰を激成した成金階級の横暴と、その成金階級の利益を偏重して、物価の調節に必要なあらゆる応急手段を早く取らなかった上に、意義不明の出兵沙汰（注、いはゆるシベリア出兵）や、時機を失した調節令などに由って、一層米価の暴騰を助長した軍閥内閣の秕政《ひせい》（注、悪政）とに対する社会的不平を挙げねばなりません。」

以下、詳細に、文庫本で八頁にわたり、今でいへば左翼的ともいへる批判と、そこからの脱却の道を説いた、社会評論であるが、あのXXXIVの詩は、その先駆をなす詩的結晶だつたともいへるので、あの詩は、実は、短歌の世界でいふ、社会詠または、政治詠に属するともいへる。晶子のやうな、非凡な歌人が、同時にすぐれた詩人でもあつたといふ証左でもある。

XXXIX（三十九番）の詩は、次のやうな作品だ。

女《をんな》、三越《みつこし》の賣り出しに行きて、
寄切《よせぎれ》の前にのみひと日ありき。
歸《かへ》りきて、かくと云《い》へば、
男《をとこ》はひとり棋盤に向《むか》ひて
五目並《ごもくならべ》のみ稽古してありしと云ふ。
（零と零と合《あは》せたる今日の日の空《むな》しさよ。）
さて男は疲れて黙《もく》し、又《また》語らず、
女も終に買物を語らざりき。
その買ひて歸《かへ》れるは唯《た》だ高浪織《たかなみおり》の帯の片側に過ぎざれど……

「男」と「女」との一日である。作者は、別段自分を妻とよび、男を夫とよんでゐるわけではない。自分自身を、一人の女として表現する。家庭生活における夫婦ではなく、一人の女が一人の男と対応してゐる。

場面はありふれたデパートの特売場で、「寄切」は、「裁ち残りの布きれを寄せ集めたもの」と辞書にある。そこで「高浪織」（未詳）の帯の片側だけを買つて来た「女」。一日五目並べの稽古をしてすごした男。

はたしてそれを「零と零」の一日だつたといつていいのかは、現代のやうな、何もない空虚感の好きな人は、疑問をもつだらうが、晶子は、読者が、おそらく「男」のうちに、与謝野寛を見るだらうこと、そして「女」とは歌人晶子に外ならぬことを見るだらうことを承知の上でこの詩を作つた。寄切とか五目並とかいつた言葉と、その響きもこの一篇の詩を、現実味のある生活詩にみせてゐる。

もう暫く、晶子の『夏より秋へ』を読んでいく予定で、今回はその第一回である。

間村俊一句集『拔辨天』

那珂太郎詩集（弔文）／晶子の詩（つづき）

今回、わたしが予定してゐるのは、一つは間村俊一の句集『拔辨天　Nuke-Benten』（二〇一四年二月、KADOKAWA）の紹介である。

更に、余裕があれば、最近亡くなられた詩人那珂太郎について、とくに那珂の詩とその詩論の、詩の韻律（音楽性）の実験について紹介してみたい、と欲張りなことを考へてゐる。

だが、まづはその前に、前回に続いて、与謝野晶子の『夏より秋へ』の中の詩作品を一つ挙げて、前回の議論をしめくくつて置きたい。

XLI（四十一番）の詩である。

この詩には「（一九一一年十一月十一日神戸にて）」といふ注記が、詩の終りについてゐる。晶子が、夫の寛の渡欧を、神戸港まで見送りに行つた時のことを詩化してゐるのである。

退船の銅鑼《どら》いま鳴り渡り、
見送の人人君を囲《かこ》めり。
君は忙《せは》しげに人人と手を握る。
われは泣かんとはづむ心の毬《まり》を辛くも抑《おさ》へ、

人人の中を脱けて小走りに、
うしろの甲板《でつき》に隠《かく》るれば、
波より射返す白きひかり墓地の如し。

この二三分………四五分の淋しさ、
われ一人のけ者の如し、
君と人人とのみ笑ひさざめく。
恐らく遠く行く旅の身は君ならで、
この淋しき、淋しき我ならん。

退船の銅鑼は又《また》ひびく。
惨酷に、されど又痛快に、
わが一人とり残されし冷たき心を苛《さいな》むその銅鑼……

ここまでで全体で六節の、二十九行の詩の前半を写したことになる。現代とは比べやうのないほど、心理的にも実際の日数の上でも遠かつたヨーロッパ。そこへ夫の寛が行くのである。
神戸港へ、熱田丸を見送りに来た晶子の心情が、具体的に、鳴りわたる退船の銅鑼のひびきと共に、画かれてゐる。かういふ描写のリアリズムは、晶子の短歌にはないものである。

単にめそめそしてゐるだけではなく、銅鑼のひびきは、「惨酷に、されど又痛快に」自分の心をさいなむのだと言つてゐる。
一節の最終行にあつた「波より射返す白きひかり墓地の如し。」にあつた、「墓地の如し」といふ直喩もさうだが、晶子は、畏れなく、レトリックを使つてゐる。
この詩の最終節の四行は次のやうなものだ。

君が船は無言のままに港を出づ。
人人は叫びかはせど、
かなたに立てる君と此処に坐《すわ》れる我とは、
静かに、静かに、二つの石像の如く別れゆく………

出港して行く船の上の夫寛と、港の椅子に座つてゐる晶子とを、「二つの石像の如く」ととらへてゐる。それは、先に紹介した三十九番の詩の、「女（晶子自身）」と「男（寛）」との対比と、通ひ合ふものがありつつ、違つてゐる。それは、やはり、神戸港の時には、別れの場面だからだらう。かういふ詩を読むと、短歌との差が、つよく感じられる。言葉が多いために、状況の説明が詳細になるといふことも、よし悪しは別にして、散文詩の特質であらう。短歌では知ることの出来なかつた事実が、散文詩では明らかにされる。

＊

間村俊一さんの句集『拔辨天』は、装訂家の句集だから当然だともいへるが、その句のことより、まづ、本（書物）といふ物《もの》の出来から話したくなる。

開いてみた印象が、一般の書物とまるで違つてゐる。A5判に近い本だが、一頁に二句見開きで四句が在る。

寫樂づら下げて大川梅雨深し
うつくしきもの丶ひとつに黴衣
〇七八（右頁）

夏蝶に撒かれしはバー「ネロ」あたり
ローマ帝國衰亡史あり明易し
「夕霞」〇七九（左頁）

正字である。くり返し記号「丶」を使つてゐる。活字の大きさは、測つてみて22ポイント32級かと思はれる。かなり大きな字が、正字、旧仮名である。たとへば、「間村」ではなく「閒村」である。作者の「あとがき」に、「第一句集『鶴の鬱』に引き續き、この『拔辨天』も活版組・活版印刷で上梓できたことは望外の喜びである。内外文字印刷株式會社の小林敬氏にお禮を申し上げたい。わが版下も活版印刷も共に存續が危ぶまれる絶滅危惧種といふほかない。」とある通りである。

栞の小冊子が、この本に挿入されてゐる。その裏頁には、作者間村さんによつて、

版下といふ絶滅危惧種。もちろん書物に未來は無い

初夏の版下あはれ書物果つ

といふ書物との別れの句が刷つてある。

少なくとも昭和戦前まではあつた「書物」が戦後の国語改革ならびに教育改革によつて滅ぼされた経緯については、解説するまでもない。つまり、版下を絶滅危惧種に逐ひやつたのも「書物果つ」といふ現状を作り出したのも、われわれ日本人なのである。

栞の中の短文で、俳人長谷川櫂は、「間村さんの句集の話をしよう。一冊目の『鶴の鬱』もこんどの『拔辨天』も自装だが、間村さんにとって句集は装丁と俳句という二つの才能がおおっぴらに結ばれる、いわば婚礼の祝祭である。祝祭にはお神酒が付きものだから、酒も加えて三つぞろいのお祭というほうがいいか。」と言つてゐる。まことにその通りであるが、この長谷川櫂の文章も、現代の普通の散文の流儀に従つて、新仮名づかひであり、活字も正字ではない。

わたしも間村さんには何冊も自分の本の装幀をしていただいてゐる。新しいところでは『木下杢太郎を読む日』(二〇一四年一月、幻戯書房)もその一つだが、この本の本文は新仮名づかひで、普通の活字である。間村さんには、わたしが編集・発行人をつとめる歌誌「未来」の表紙の装幀まで(二年間ほど)やつてもらつたことがある。歌誌の文章は、もとより、短歌も、すべて現代風である。さうすると、間村さんは、他人の本の装幀をしながら、自分の信念によつて判断すれば、「書物」とは思へない本の現実にぶつかつてゐることになる。

つまり、『拔辨天』を上梓することによつて、間村さんは、ひそかに俳句と装幀を結婚させて喜んだといふだけではない。ある重苦しい文学上の、書物史上の難問を、わたしたちに突きつけてゐることになる。

それなのに、『拔辨天』の読後感は愉しい。この本には、高度の遊び心があふれてゐるのだ。

ともあれ、わたしなりにこの句集から、好みの句を抜き出してみよう。

根岸に轉居　酒井抱一畫房雨華庵近ければ

うぐひすや下戸殿ゆるせ晝の酒

はゝこ草父の知らざる母の嘘

シュルレアリスム宣言ぞろり心太

ビンラディン遙けきものに水馬《みづすまし》

あまのがはぶちまけられし雜魚《ざこ》の腸《わた》

以上が第一章「露けしや」から選んだ五句である。このころに第一句集『鶴の鬱』が上梓されたらしい。この第一句集の栞には、わたしも一文を寄せてゐた。わたしは、五十代の終りに十二指腸を病んで、それ以来、酒のつきあひは止めてしまつて、「下戸殿」の仲間入りをしたから、間村さんとことん飲むことはない。それだからこそともいへるが、酒の句は嫌ひではない。

あと七章ある『拔辨天』の各章から、一句だけを挙げて置く。

敗戰日冷やしケツネをずる〳〵と
白玉やほんまのことは言はんとこ
上がる閒の二合うれしき夕《ゆ》立《だち》かな
芹摘みに出かけ三年留守にする

加藤郁乎氏逝く二句
イクヤーノフ薫風一過旗の臺

幻肢すなはちファントム・リブ
ランボーの幻肢洗ふや天の川
けうとしや數《す》萬《まん》の蛇の眠れるは

＊

『定本那珂太郎詩集』（一九七八年、小澤書店）を久しぶりに開いてみると、近年、那珂さんの作品は全く見ることがなかつたのを、痛ましく思ひおこすのだ。

この「限定九八〇部刊行」の定本詩集が出たのも七〇年代の終りであつた。定本詩集は、すべて著者のサインが入つてゐて、「定価六五〇〇圓」とある。当時としても高価な本であつた。

収められた五冊の詩集のうち、わたしたちの心を揺るがした『音楽』（一九六五年七月、思潮社）は、六〇年代の半ばに出てゐたのだ。

その中から「〈毛〉のモチイフによる或る展覧会のためのエスキス」を引用してみよう。

a

からむからだふれあふひふとひふはだにはえる毛
なめる舌すふくちびる嚙む歯つまる唾のみこむのど
　のどにのびる毛
くらいくだびつしり　おびただしい毛毛毛毛毛毛毛

b

けだものの毛くだものの毛もものの毛ものの毛
けものの毛
けばだつ毛
けばけばしい毛
けむたい毛
けだるい毛倦怠の毛
けつたいな毛奇つ怪な毛輕快な毛
けいはくな經驗の毛敬虔な形而上の毛警視廳の警守長の
毛けむりの毛むりな毛むだな毛
けちんぼの毛

げびた毛？　カビた毛
おこりつぽいをとこの毛？
ほこりつぽいほとけの毛
ほとけの毛？
　　のほとりの毛

以下この詩は、c、d、eまである。「毛」といふやうな身体的な存在、つまり身体の一部であり、さまざまな生理的役割を果たす小さな器官であるが、それを、片仮名表記を多く使ひながら、ケ（KE）の音《おん》をさまざまに使ひながら、意味の世界に対して、音楽性（頭韻風だつたり、脚韻風だつたりする）音韻を強調することによつて、アイロニカルに、また、社会性まで含んだ詩作をすすめてゐる。

この実験は、一九七五年十月青土社から出た『はかた』においても、更にふかく押しすすめられたのであつた。それが、衝撃的だつたわけである。

この点は、たとへば「うた」といふ詩が「さ／さ／さ／さく／さくさくさく／さくさくら／さくらさくら／くらいそらから／ひらくはなびら／めくらのそらから／くらいさくら／裂けるさくら／くらくら／めくるめく／めくれるそらから／からくれなゐの／くれるそらから／さら／さらさら／さらさのくもの／もえるもえぎの（以下略）」のやうに表現されていくのであつた。この点は、今少し詳しくふれるべきかも知れない。

那珂太郎追悼　池井昌樹の詩（弔詩）

詩人の那珂太郎が亡くなつて、「現代詩手帖」二〇一四年八月号は「追悼特集　那珂太郎」を組んでゐる。

その中で野村喜和夫は、那珂の詩業を「大きく三つのステージ」に分けて考へてゐる。

一　虚無といふ観念を中心とする内省的な象徴主義の第一期
二　詩集『音楽』に集中する「言葉の音楽」の第二期
三　これに叙事的な書法が加はる詩集『はかた』以降の「鎮魂」の第三期

（野村の原文を、歴史的仮名遣ひにして引用した。那珂は一貫して歴史的仮名遣ひを用ひた人なので、かうした引用の仕方も許していただきたい。）

野村は、那珂の詩学について、次のやうにまとめてゐる。

　それは音数律への信と同様、日本語の生理あるいは宿命とも深くリンクしてゐる。日本語において「詩は言葉の音楽である」（萩原朔太郎）といふ命題を追求しようとするならば、逆説的ながら、それは音韻面の開発をおいてほかにない。なぜなら（――）一方に音数律といふ固有の規範がある。その圧倒的なしばりに回帰する道もないではないが、いやしくも現代詩――詩のアヴァンギャルド――を名乗る以上は、どこまでもその誘惑を断つのが筋といふものである。他方に、押韻に向かない日本語の音声組織の貧しさがある。したがつて、可能性として残されてゐるのは、わづかに畳音的な音の響きのみ、といふことになるのである。

詩人として、那珂の仕事を、うしろから見ながら「詩人那珂太郎はそれに賭けた。さながらドン・キホーテ的な無謀さをもつて」とも言つてゐる野村喜和夫。

また、わたしが、前回に、その一部を引用した那珂の作品「〈毛〉のモチイフによる或る展覧会のためのエスキス」についても、「きはめて限られた冒険」の中に算へて「あの奇天烈な（作品）」と読んでゐた。

野村のいふ「現代詩――詩のアヴァンギャルド」とか「ドン・キホーテ的な無謀さ」とか「奇天烈な（作品）」といつた評価は、むろん、アンビバレントな、アイロニーをも含んだ物言ひである。近代詩の歴史から眺めた戦後詩の歴史を、自分の体験を混へて見て来た人なら、この愛憎両面を同時に含んだ評価（とわたしには見えるのだが）は、よくわかるし、共感を覚えるのだが……。

那珂太郎の『詩のことば』（一九八三年、小澤書店）の巻頭に「短歌・俳句と自由詩に関する断章」がある。もと、「文學」の一九七六年一月号に載つた論文である。

どんなみごとなソネットの詩篇にもまして、ソネットといふ詩形そのものの方がすばらしい、といふ意味のことをヴァレリイがどこかで書いてゐたが、日本語の音律形式にあつても、五七五七七の短歌の詩形はまさしくさう思はせるところがある。だからこそ古代以来千数百年の命脈を保つて今日までこの詩形が生きつづけてきたのにちがひあるまい。

ここまで読むと、戦後の短歌第二芸術論など、どこ吹く風といつた論調だが、むろん、時代は一九七〇年代であつた。それに那珂は一九二二年生まれで、戦時下四三年に東大国文科を卒業した国文学者である。「終戦まで江田島海軍兵学の国語の教官を務めた。四五年十月上京し私立高等女学校や都立高校で教鞭をとり、七三年から九〇年まで玉川大学教授を務めた」（『現代詩大事典』による）。国語国文学者であり、教師であつた。当然、古典にも詳しいのである。

さきの論文の続きを読まう。

五音と七音を基準とした短－長－短－長－長の拍節の構成は、それ自体が美的情緒を喚起するほとんど黄金律と言つてよく、かつて私は、「短歌の中で作者は抒情など表白する必要はなくて、その形式のもつ音律自体が詩を保障してくれる。」と書いたことがある。たとへば、

い、い、い、
らりるれろ／らりら　らろりれ／い、い、い、らりれるら／るるるる　ろろろ／らりれ　りろりら

といふ単純な音の流れだけでも、或いはさらにたとへば、

いろは　にほへ／いろは　にほへと／ちりぬるを／うゐの　おくやま／けふこえて　あさ

といふほとんど意味をなさぬ不完全な句の結合であつても、くりかへしこれを朗誦すればおのづからなにがしかの詩的情感が醸し出されるだらう。

詩歌は、韻律と意味の両面の合はさつた表現だと信じて、日夜、詩や歌を作つてゐる立場からすると、右のやうな立言は、或る意味で危険な、極論であるやうにもみえるだらう。例へばここに実例として示された、「らりるれろ……」「いろは　にほへ……」の二首の歌（?）を、はたして、くりかへし朗誦して喜ぶことができるだらうか。しかし、この時の那珂は、それを肯定してゐたのだ。
そして、更につけ加へて次のやうに、くぎをさしてゐたのだ。

そこに、この音律形式の栄光をみると同時に、――その枠内での営為だけに自足する現代の短歌作者への疑問もまたおぼえるのだ。今日どんなすぐれた短歌作者も、短歌といふ「詩型」以上の創造をなし得るわけではない。

ところで、あらためて言ふまでもなく、今那珂の論文の中から引用した二首の歌であるが、あとの方は、いふまでもなく、〈いろは歌〉を元《もと》歌とする、いはば本歌どりである。「ほとんど意味をなさぬ」どころか、「いろはにほへと」にしても「ちりぬるを」にしても「うゐのおくやま」にしても、濃厚な意味を含んだ日本語である。韻律と意味に分けて考へるとき、意味の要素はつよく残つてゐる。「らりるれろ」の歌（？）にしても、ラ行音がわたしたち日本人におのづから連想させるやうな、意味的要素は皆無ではない。

つまり、短歌定型といふ「音律形式の栄光」を、単純に、五・七・五・七・七音の、等時拍リズム（一音一音の長さが、ほぼ同じであることを条件にして生まれる音律）にだけ純化してしまふわけにもいかないといふことである。

同じ論文の中で、那珂は、自分が、それでも自由詩だけを書いてゐること、短歌を作らない理由として、（むろん、あるユーモア感覚もひめて言つてゐるのだが）「安定した詩形に支へられる作者に対する羨望の念がひそんでゐるのにちがひない」といひつつ、「その安定といふ点こそ、この詩形を私が選びとることを敢てしない理由だといふのも、また確かである。」と言つてゐる。その上で、次のやうに言つてゐる。

自由詩は、一一の作品ごとにその都度形式をつくりつつ、それによつておのれ（作者のことではなく、自由詩自体）を実現する。それは足場のない空中を作者自らがしつらへる翼によつて飛翔し、かつその軌跡をつくることをめざすやうなものだ。

那珂太郎は、すでに亡い。その人の書いた四〇年近い昔の論文を読むのにも、慎重でなければならない。亡くなつた作者と論争するわけにはいかぬからだ。（さきに引いた野村喜和夫も触れてゐるが、わたし自身も、朔太郎の詩の「竹」の中の「繊毛」を「センモウ」と読むか「わたげ」と読むかについて菅谷規矩雄、北川透と共に論争したことがある）

ただ、自由詩は、一つ一つ、新しい形式をつくるといふのは、よく言はれることだが、本当にさうだらうか。日本語のもつてゐる等時拍リズムのやうな「しばり」から、自由詩もまた自由であるわけはない。「自由（律）詩」の「自由」といふのも、相対的な性質であつて、絶対的なものではあるまい。そんなことについても那珂太郎と議論したかつたと思ふのだ。

自由詩はアヴァンギャルド（前衛的）としての使命をはたして来たといふ自負については、自分自身、前衛短歌を推進したといはれて来てゐるので、「前衛・短歌」もまた、アヴァンギャルドであつたとして、それの現代短歌に果たして来た意味を、自由詩のそれと比べざるをえないのである。

「文藝年鑑２０１４」（新潮社）が来たので、「詩」のところを読むと、池井昌樹が、次のやうに書いてゐる。

「二〇一三年度朔太郎賞の選評に朔太郎賞なのだから大胆な詩的実験がなければ云々と垣間見えたが、違うと思う。」と書いてゐた。これは「新潮」二〇一三年十一月号の「第二十一回萩原朔太郎賞発表」に書いたわたしの選評「『死語のレッスン』を推す」を読んでの感想であらうかと推察した。

たしかにわたしは、選評の中で『死語のレッスン』（建畠晢）について「現代詩として意欲的、冒険的な文体の模索があること。」を挙げた。しかし無条件にさう言つたのではない。「いま、現代詩の世界は、変りつつある。レトリック過多で、難解で、前衛的な詩法よりも、一般にわかり易い表現がよろこばれつつある。」ことを認めた上で、この『死語のレッスン』は「詩だけの出来る先端的な、ぐにやぐにやした表現の実験。『死語のレッスン』は、あるいは、この端境期における、最後の『戦後詩』的結実なのかもしれないとさへ思ふのである。」とも書き添へたのであつた。

その『死語のレッスン』について、同じく「文藝年鑑」で、池井昌樹は「難解としか見えない発語の瑞々しい必然に思わず頷かせられたりもした」とも書いてゐた。

その池井昌樹（一九五三年生）の「夜船　那珂太郎逝く」といふ、追悼作品が、「現代詩手帖」八月号に載つてゐるので紹介する。

夜船　那珂太郎逝く　　池井昌樹

あきのよの
はにしみとおるしらたまの
わたしがいえばサガさんは
いやちがう
しらたまの
はにしみとおるあきのよの
ナカさんがふかくうなずき
ほしぶどうひとっつつまむ
サガさんも

オオニシさんも
ひとっつまむ
わたしもひとっつつまんでは
イモショウチュウをかたむけて
そういえば
ヨシハラさん
よいつぶれてかおやすみか
やがておもてはあめもよい
あまおとのあとかみなりも
わたしはもうふをあたまから
くわばらくわばらとなえつつ
しらかわよぶね
めざめれば
だれもいない
かぜもないのにさらさらと
たなばたかざりゆらめいて
ふねのなか
あんなにはしゃいではりきって

かざりつけしたヨシハラさんも
オオニシさんも
サガさんも
そういえば
ナカさんも
あまおとはやみ
かみなりもやみ
けれどまだよはあけやらず
ふねのなみきるおとばかり
ひとりぼっちで
まがもてなくて
はにしみとおるあきのよの
イモショウチュウをかたむけて

男と女の〈読み〉の差
栗木京子『現代女性秀歌』／永井祐の土屋文明論

1　男と女の〈読み〉の差について

以下は、栗木京子の『現代女性秀歌』（二〇一四年八月、NHK出版）の「おわりに」に書かれた、一つの「問題提起」として受けとれる文章である。

「男性の歌って、わかりにくいよね」

「歌自体もそうだけど、男性による作品鑑賞はもっとわからない」

「そうそう。特に女性の歌を男性が鑑賞したとき、エッ、そう読むの？　と驚くことがある」

そんな会話を同世代の女性歌人たちと交わしたことがあります。

具体的に実例が示されてゐるわけではない。しかし、女性歌人が数において圧倒的に多くなってゐる現代では、もしこのやうな女性側からの批判があるのなら、大きな問題だらう。

そしてこのことは、男性詩人と女性詩人のあひだでも、また女性俳人と男性俳人とのあひだでも起きてゐるのか否か。

栗木は自作の（代表歌ともいへる、高名な）〈観覧車回れよ回れ想ひ出は君には一日《ひとひ》我には一生《ひとよ》〉（『水惑星』一九八四年、雁書館）を挙げて次のやうに言つてゐる。

という私の歌に対して、男性読者は「なんとロマンチックでいじらしいんだろう」と心を寄せてくれますが、女性読者の目はもっと厳しいものがあります。「この歌の下句は男の幻想を代わりに言ったわけで、女性の本心とは少し違う」と突き放されます。作者である私はどちらの意見も黙って聞くのみですが、内心では〝さすがに女性の読みは鋭いな〟と思っていたりします。

わたしは、この歌が発表されたころ、つまり作者もその周辺の読者（評者）も若かつたころと、現在とでは、〈読み〉は変つてゐるだらうとは思ふし、また、この歌に対して「なんとロマンチックでいじらしいんだろう」などとは一度も思つたことはないので、右の問題提起にはすぐには乗りにくいのだが、考へてみれば〈女が同性である女を見る眼〉と、〈男が異性である女を見る眼〉とが違つてゐるのは当然だ。そのことの反映が、歌の解釈にも当然生じてゐるだらうとも思へる。

とすると、実は、栗木の問題提起は、かなり深い、そして根幹的な問題を引つぱり出してくるやうに思へる。

なほ、栗木の本の内容については、ここでは触れないつもりだつたが、一点だけ、「外国の事件を詠む」といふところ（149頁）について、ほんの少し紹介する。なぜなら、現在でも、たとへば、シリアやウクライナのやうな「外国の事件」は、当然、短歌になつて歌はれてもよいはずなのに、あまり歌はれない。歌ひにくい状況にある。それはなぜかと思ふからだ。

ここで栗木によつて挙げられてゐるのは、平成元（一九八九）年の中国の天安門事件を歌つた中川佐和子の歌〈故もなく撃たれしひとりを支えつつ撮れと言いたる声が伝わる〉（『海に向く椅子』一九九三年、角川書店）だつたり、一九九一年の湾岸戦争における、イラクによるクウェート侵攻について詠んだ黒木三千代の〈侵攻はレイプに似つつ八月の涸谷《ワジ》越えてきし砂にまみるる〉（『クウェート』一九九五年、本阿弥書店）である。

〝テレビを通した情報〟を元にして詠むことのできた時代と、それを困難にしてゐる現代のあひだには何が横たはつてゐるのだらう。

2　土屋文明の字余り歌について

「率」といふ、短歌の同人誌がある。その第5号（二〇一四年五月刊）は、「インターテクストの短歌史」といふ特集を組んでゐる。

わたしは、「率」を面白く読む一人の読者だが、かといつてよき理解者ではあるまい。「率」の同人は七人だが、その代表格は、吉田隼人、藪内亮輔の二人で、共に一九八九年生まれ、今年（二〇一四）二十五歳である。わたしは八十六歳の老人だ。

ただ、不思議なことに、吉田、藪内両氏の書くものに、世代の差みたいなものはあまり感じない。ずい分と難解な文章だと思ひながら、その文の行方に蹤いて行く気になる。

現代詩の詩論を読みつけてゐるわたしから見ると、「率」は、現代詩の世界の評論に通ずるところが大きい。

ゲストとして参加してゐる永井祐の「土屋文明『山下水』のこと」といふ一文に興味を抱いたので、今回は、それを紹介してみたい。

土屋文明の歌は不思議に変わっていると思う。異様な感じすらする。数年前に『山下水』を手に取って以来、今でもそう思う。

こんな風に語り出してゐる永井に先づ気をひかれた。なぜなら、斎藤茂吉でなく、外ならぬ土屋文明を推してゐるからだ。

この点「率」5号では、「岡井隆ノート2」を書いてゐる藪内亮輔も「〈後期岡井と土屋文明における無造作さと切断、〈裸体の回想〉的文体について〉」において、土屋文明をとり上げてゐる。しかし、ここでは、永井の文に執着してみる。

夕日の中露はやあげぬかなぶんぶに少しおくれてとぶ蟬ひとつ　『山下水』

こんな歌に特徴が出ていると言えるかもしれない。「露はやあげぬ」は、草などについた露がもう乾いている、という意味だろうか。ともかく、露の残る夕映えの中をカナブンが飛び、その後ろにセミも一匹飛んでいた、という歌。／そして、よく見てほしいのだが、三句目は「かなぶん」でいいような気がしないだろうか。「ぶ」を残したことによって三句は字余りになる。しかも句の末尾の部分が「ぶに」っと、なにか中年男性のお腹のように、だらしなく余っている。しかし彼の歌においては、この「ぶ」を削ってしまってはならない。読み慣れてくるとこのだらしない余り方に、命が宿っているということがわかってくる。

わたしにとつて面白かつたのは、この「字余り論」に使はれてゐる「中年男性のお腹」といふ比喩である。字余りの論、つまり定型詩だけに発生する破調の論であるが、それについて、負のイメージを持つやうな「だらしなく余っているお腹」をもつて来たところが、まことに面白い。

（一言つけ加へると、破調〔字余り、字足らず〕の存在は、定型詩だけの問題かといへば、さうではあるまい。自由詩の場合だつて、日本語を用ゐる以上、音数律（七・五調など）の生じ易い性質や、二音節の語が多いといつた性格からは逃れえない。そこには、また、別の意味で、〈破調〉の問題は生じてゐるとも考へられる。）

永井さんは、わたしが数回お会ひした感じでは、「お腹の余つてゐる」体格ではないし、年齢的にも中年には遠いだらう。逆にそれだからこそ、かういふ比喩を、実感をこめて使へるのかも知れない。

この文明の一首は、おそらく、あの群馬県川戸の高原のことだらうから、夕方になつて冷えた水蒸気が、草の葉に、夜露として凝つたことを「はやあげぬ」（こんなに早い時刻なのに露が草の上にのぼつて来た）と言つたのだらうと、わたしは解するが、それはそれとして、「かなぶんぶに」の「ぶ」の字余りに注目した永井の定型意識は、相当のものなのである。

もう一つ例を挙げてみよう。

雨の間《ま》の花に遊べる蝶襲ふとかげを見居り鉛筆けづりかけて　『山下水』

の結句の三音字余りについて。「結句はその上句がつくった絵を、ある意味でぶちこわしているという感じがする」といふ風に、一端、この字余りを、否定的に扱って置きながら、やがて、「文明の歌の世界においては物事は調和しきらない。彼はけしてそのように一首を構成しない。命の雑音が常に歌の言葉を余らせる。」といふ風に、字余りをむしろ文明短歌の特質として肯定するのである。

さらにもう一つ永井の土屋文明評価の例を挙げてみる。

我がかへる道を或はあやまつと立つ秋の夜《よる》蛍におどろく　『山下水』

について、永井は次のやうに言ふ。

私はこの歌がとても好きだ。それは結句の「蛍におどろく」が本当に偶然おどろいた感じがするからだ。（中略）初句が出て、二句が出て、三句が出て、四句が出て、結句が出る。一首が時間的だ。そして、なぜそういう形になるのかと言えば、私たちの生がそういう形をしているからだろう。私たちはいつも結句を知らないまま、字余りしながら生きている。文明の歌を読むと、その「歌を生きる」態度の徹底ぶりにおどろいてしまう。

かういふ、素朴すぎるとも見える〈生きることの哲学〉と歌の字余りの結びつけには異論も勿論ありうるだらう。『山下水』のころ、土屋文明に師事してゐた、（といふか当時師弟関係は否定されてゐたので言ひ直せば）文明短歌の直接的影響下で作歌してゐたわたしは、例へば、

才能を疑いて去りし学なりき今日新しき心に聴く原子核論　　『斉唱』岡井　隆

のやうな五・八・五・七・七・七の仏足石歌体にちかいとも見られる歌を、平気で短歌として提出して評価されてゐたのだ。つまり、字余りを定型からの単なるはみ出しとしてさへ意識してゐなかったのだ。それは、わたしだけではない。当時の「アララギ」の青年たちは、皆さうだつたといふことだ。もう一つの問題は、土屋文明が、歌人であると同時に、すぐれた万葉学者であり古典学者であったといふことだ。

万葉学では、短歌形式の成立をめぐつて、近世以来多くの研究が積み重ねられて来た。その中には漢詩を比較対象とした比較文学的な考察もある。短歌・長歌・旋頭歌・片歌・仏足石歌等の詩型の成立論を、唱《うた》はれる詩として考究した厖大な文献（テクスト）がある。

その一例を「万葉集必携」（別冊国文学・稲岡耕二編、一九七九年、学燈社）のやうな簡便な雑誌特集で示してみると、次の如くだ。

字余り（付―不足音句）

いわゆる字余り句にはエを除く母音音節が必ず含まれることを指摘した宣長『字音仮字用格』に始まって、音韻的方面から橋本進吉『国語音韻の研究』（昭二五）、桜井茂治「万葉集のリズム」（「国学院雑誌」昭四六・九）がある。（以下略）

などと書いてある。短歌定型の成立論にしても古典学上では、さう単純な結論は出てゐない。といふことは、「字余り」の発生についても同様といふことにならう。

さて、終りに、永井祐の論の結語ともいふべき、信仰告白の部分を引用して置く。

私には特異でラディカルな試行に見えたものが、あの短歌の後進性の代名詞ともなっている「生活即短歌」に通じていることが見て取れ、さらに「短歌の表現は直ちに作者其の人」というあの消えることのない慣習（?）も直接に顔を出している。（中略）近代の短歌を完成させてその後のあらゆる変革を呑み込み、短歌の外側にいる人の頭に？マークを浮かばせる特有の磁場を作り上げた人、現在まで通用している短歌のＯＳ（注・不詳、骨格?·ラテン語?）を書いた人間、それがどうも土屋文明みたいなのだ。／短歌の秘密のかぎは土屋文明が持っている。／どうも、最近、そう思う。

「ＯＳ」は「オペレーティングシステム」のことだとのちに知つたが、わたしのラテン語説もわるくはないと思ふので残して置きたい。

芥川龍之介の河郎の歌　八十代の知識人の詩集（杉本秀太郎、平岡敏夫）／「文学は消えてゆくか？」（日本文藝家協会）

1　芥川龍之介の河郎の歌

とりとめもない、読書ノートなのかも知れないが、気になつた話題を拾つてみる。
中村稔の『芥川龍之介考』（二〇一四年九月、青土社）に、芥川の河童の歌を見つけて、たのしくなつた。

川郎のすみけむ川に芦は生ひその芦の葉のゆらぎやまずも　　芥川龍之介
赤らひく肌もふれつゝ河郎の妹背はいまだ眠りて居らむ
わすらえぬ丹《ニ》の穂《ホ》の面輪見まくほり川べぞ行きし河郎われは
人間の女《メ》をこひしかばこの川の河郎の子は殺されにけり
いななめの波たつなべに河郎は目蓋冷たくなりにけらしも
川底の光消えたれ河郎は水《ミ》こもり草に眼をひらくらし
水底の小夜ふけぬらし河郎のあたまの皿に月さし来る
岩根まき命《イノチ》終りし河郎のかなしき瞳をおもふにたへめや

芥川と河童（河郎）といふことになれば、最晩年の小説『河童』を引き合ひに出して、この八首の短歌を論ずることもできる。しかし、わたしは、一九二七年生まれの中村稔が、河郎の歌を引いて、次のやうに言つてゐるのに、共感したのである。

それにしても、小穴に宛て（注・小穴隆一宛ての手紙の中の三首も引いてゐる）、下島（注・芥川の主治医下島勲）に宛てて送った短歌に描かれた河童は、いじらしく、哀しく、可憐である。（中略）芥川は河童が可愛くなって、これらの短歌は詠まれたのであろう。ここでうたわれた河童は、晩年の創作『河童』に登場する河童たちが多弁で、行動的で、思弁的であるのとは、かなりに違っている。こういう架空の生物をここまで生き生きと、具象的に、愛惜の情をこめて、うたいあげた芥川の短歌の独創性と表現力は、尋常な才能ではない。

中村稔は、また、次のやうにも言ふ。

「川べぞ行きし河郎われは」と下島宛て八首中にうたったように、河童と自身とを同視している。狂気を怖れ、人間界を超越した、別世界の生物と自己を同視したいという願望を、ここに認めるべきではないか。（中略）人間の世界に生きることは許されない。このような分裂した自我として、芥川の河童は生まれた。（中略）私はこのように芥川の河童の歌を読み、ふかい感銘を覚える。

わたしは、これは、八十七歳になる詩人稔の内面告白だともうけとる。わたし自身も、おのづからその存在と自己同化できるやうなら河郎のやうな存在になりかはつて、連作の歌を作れたらなあと思ふ。あるいは作れるかも知れないと思ふ。

河郎の歌は、古語まじりで辞書を引かないと読めない代りに、韻律は正しい。その注解はあへて読者にゆだねて、こんなことを考へたのである。参考のため中村氏はどう書いてゐるかといへば、『川郎』は河童の異名、『赤らひく』は赤い色を帯びる、赤みがさすの意、『いななめ』の意は確かでないが、『いななみ』について『日本国語大辞典』第二版には『風が吹いて、稲がなびくさまを波に見たてていう語』とあり」云々と書いてゐる。

「いななめ」が「いななみ」と同意なのか、こんなこと一つでも考へなければならず、辞書などを引いて調べなければならない。考へ方では、たのしい作業とも思へるのだが、河郎になりかはつた歌として示唆するところは大きい。

2　「文学は消えてゆくか？」（「文藝家協会ニュース」特別号、二〇一四年七月三十一日発行）

日本文藝家協会は、二〇一四年六月十四日に大阪市中央公会堂で、「文藝巡回イベント第3回大阪」を開いた。出席者は、内田樹、山崎正和、三田誠広の各氏と進行役の関川夏央の四人である。

〈出版界縮小の一途〉〈雑誌は半分になった〉〈自分の「物語」には興味があるが、他者そのものには興味はなく、他者の物語にはもっと興味がない。そんな社会が出現している〉といった関川発言を受けて内田樹は次のやうに言つてゐる。

出版不況にはいろいろな理由があると思います。一つは反教養主義、反知性主義です。反教養主義、反知性主義というトレンドは単独で存在する現象ではなく、経済のグローバル化、国民国家の株式会社化という趨勢に従って出てきたものですから、そこだけとらえてもしかたがない。（中略）今、もし文学に対する『ニーズ』がないのだとすれば、それは文学作品を読んでも、そこから得られる知見によって、自分自身の生きる可能性が高まるように思えないからではないですか。教養主義の時代に、人々が争って本を読んだのは、この本を読むことから、生きていく上で死活的に重要な知が獲得できるという予測が立ったからだと思います。

わたしは、かうした議論を読みながら、一体、短歌つて〈文学〉なのかといふかすかな疑問が、心の中でもち上つてくる思ひがした。

前衛短歌に代表されるやうな一九五〇年代六〇年代の短歌は、確かに〈文学〉であつた。しかし、短歌の世界も、七〇年代ごろから二極分化を遂げた。わたしはNHK学園の短歌講座で多くの人の作品を添削したり選歌したりして来た。また、いくつかの新聞の〈歌壇〉の選者をして来た。そこでぶつかる短歌の大半は（すべてとはいはないが）〈反教養主義〉の人たちの短歌である。近代日本（明治以後）の近代短歌の歴史、万葉以来の和歌の歴史や、その作品に興味をもつわけでなく、わづかに友人仲間の批評やあるいは選者の指導をききながら、自分の歌作りをたのしんでゐる人たちがある。わたしの仕事は、さういふ〈生き甲斐短歌〉の語句（たとへば助詞など）を変へたり、語順を変へたり、文法上のあやまりを正したり、仮名づかひのあやまりを直したりすることである。

他方で、わたしは、少数ではあるが、古典文学としての短歌や、近代文学から現代文学へと歴史を重ねて来た短歌に興味をもち、その知識と理解の上に、自分の短歌を作らうとしてゐる人たちの存在を知つてゐる。前号で論じた「率」の同人吉田隼人、藪内亮輔の論説や作品にせよ、土屋文明の破調を論じた永井祐の作品などに向き合ふとき、歌人層の二極分化を、毎日のやうに、自分の仕事の中で、実感せざるをえないことを思ふのだ。

わたし自身は、言ふまでもなく、教養主義的な育てられ方、育ち方をした年代層の人間ではあるが、かといつて、仕事として、〈生き甲斐〉短歌派の人たちの作品を非文学として退ける気持はない。二極分化の現実の只中に自分が生活人として立つてゐるのを自覚するだけだ。

だから、「文学は消えてゆくか？・」といふシンポジウムを読みながら、複雑な感慨にとらはれつづけたのだ。

3　八十代の知識人の詩集二冊

一冊は杉本秀太郎の詩集『駝鳥の卵』（二〇一四年九月、編集工房ノア）である。

杉本氏は一九三一年京都生まれ。京大仏文科卒。日本芸術院会員である。

わたしが、この人の仕事を最初に意識したのは、筑摩書房の『伊東静雄』（近代日本詩人選十八巻、一九八五年）あたりからだつたらう。同じシリーズの一冊としてわたしも『正岡子規』（近代日本詩人選三巻、一九八二年）を書いてゐたからである。

フランス文学者で訳書も多い。日本の古典文学にも精通してゐる。いふまでもないが、教養派、知性派の教養人である。

しかし、詩集『駝鳥の卵』を読んでいくと、むしろ、詩作をたのしんでゐる感じがつよい。行分けの多行の現代詩といふジャンルが成立してゐるのを悦んで、自分のたのしみのために利用してゐる。そして、その技法も、なかなかのものである。一例をあげてみよう。

東下り《あずまくだり》　杉本秀太郎

いたち
ついたち
みめよい出立ち
朝立ち
旅立ち
お立台に立ち
からたちの花が咲いたよ
うたって気負い立ち
この道はいつかきた道
すかっぺ

こいた
いたちの生い立ち
追剝友だち
ついたち
早立ち
するが早いか
駿河なる
宇津の山道
葛《つた》の細道
いたち
伝って
うずうず
あっちへ消えた

同音反復とか、語呂あはせとか、脚韻とか、ごたごたと注釈する必要もない。いかにも京都人らしい「東下り」の旅の発想が、鎌倉へゆくのか東京へ行くのか、権力の中枢へゆく「東下り」を、軽妙に、童謡の一部を混じへながら、書かれてゐる。

読んでゐて、作者の遊び心が伝はつて来てたのしい。

もう一人の八十代の詩人は、平岡敏夫である。一九三〇年香川県生まれ、大津陸軍少年飛行兵学校卒。日本近代文学を専攻する学者である。わたしなども、斎藤茂吉、森鷗外、木下杢太郎について調べたり書いたりするたびに、その研究から多くのものをいただいてゐるし、批評もいただいてゐる。今度の詩集を読むと、戦時下の少年飛行兵だつたころの自分を思ひ出しながら書いてゐる、「自分史」風の作品も目立つ。だが、ここでは「旅人」(『月の海』二〇一四年八月、思潮社)といふ詩を引いてみる。

旅人《たびと》　平岡敏夫

大伴旅人、
青丹よし奈良の都ゆ
茅渟《ちぬ》の海。
新太宰帥《だざいのそち》の初の船旅。
島かと見れば岬なり、
岬かと見れば島なり。
空には神功皇后の霊が光り、
海には塩飽《しわく》水軍水主《かこ》らの舟歌。

こんな風に詩は始まつてゐる。杉本秀太郎氏とは違つて、言葉の遊びはない。読んでゐて、たのしくなる詩風ではない。一歩一歩、知識を、言葉にして重ねていく。「大伴旅人」に自己同化していくあたり、真面目な、その意味では、素朴ともいへる詩である。

この詩は後半で、次のやうな展開をする。

旅人《たびびと》。
『旅人かへらず』
No traveler returns.
帰らざる旅人、
No return, No return, No return.
大学の廊下ですれちがうとき、
いつもにこやかに会釈を返した痩身の詩人。
永劫の旅人!
〈覆された宝石〉のような朝の旅立ち。
故郷小千谷へ消えて行く。
山行かば草むす屍。

今回は、二人の教養派の、わたしと近い世代の詩人を紹介した。現代詩の、一つの在り方を示すものとして、紹介したのだ。

共同詩
「気管支たちと滑らかな庭」（三角みづ紀・野口あや子）／石井僚一問題／國峰照子『二十歳のエチュード』の光と影のもとに――橋本一明をめぐって』

1

現代詩と現代短歌が並走する場合は、これはジャンルの「越境」ではないだらう。「現代詩手帖」二〇一四年十一月号の「特集　共同詩、詩を開くために」は、歌人と詩人と、そして俳人が、並んで、相手の姿を見ながら書いてゐる。

しかし、読んでみると、事柄はそれほど単純ではない。

「気管支たちと滑らかな庭」といふタイトルで詩人の三角みづ紀と歌人の野口あや子が、かはるがはるに作品を書いてゐるのを読む。「共同詩」といふ以上、二人の作品は、絡み合つて同じやうなテーマを追つてゐるのかといへば、さういふ気配は少ない。二人はもともと、なにかのテーマで書くタイプの詩人、歌人ではないから、修辞の細部にこだはつて読んでみないと、〈共同〉してゐるありさまが、見えて来ない。

右足に裾まきよせて水をやるしぐさ　枝振りのきれいな秋に
剪定をなさい　内耳にのびていくよろこびのかなしみのいかりに
あや子

前略、　　　　　　みづ紀

わたくしたちは驚くほど
生きることに貪欲です。

濃くなる体毛をかくして
乱雑に獣を飼いならして
みっともない森になって
枝が裂ける余韻がこわい
笑いながら舌をたらして

昼過ぎまでねむっていました、製氷皿に氷のおとがきしきしとして
ひとりなれば般若のようにわらうわらって眉墨けずる尖らせるため
　　　　　　　　　　　　　　　　　　　　　　　　　　　　あや子

これは、作品の丁度まん中ぐらゐのところをとり出してみたのだが、「前略、」といふ前書き風のことばは「みづ紀」からの「あや子」への呼びかけを知らせる。「わたくしたちは」とは、人間（の中の或る種の人たち）を指すと共に、「あや子」あなたと「みづ紀」わたしを同類にくくった物言ひでもある。

次の五行のところが、大体同字数に並んでゐるのは、偶然かも知れないが、「体毛」とか「みっと

もない森」「枝が裂ける」などといふのは、あや子の歌の、体の部分を指す「右足」「内耳」といった単語から、なんらかの連想を生んだのかも知れず（さうでないかも知れず）そして「枝振り」「剪定」といった用語が、みづ紀の「森」や「枝が裂ける」に反響していってゐるのを感じさせる。

そのあとの、あや子の二首の短歌のあとにみづ紀は「昼過ぎまでねむっていました」を受けてゐるやうだ。また、「製氷皿」の「皿」を引き継ぐみたいに、

睡りのまま　　　　みづ紀
むきだしで先端を待っている
その皿を割ってしまいたい
まもなく星も流れると
吐息が凍りつく

といふ風に書き、まつたく別の詩想の中へと入つて行く。

今、一つの例として、歌人と詩人の、それも一しよに同人誌を作つてゐる二人の例を挙げてみたが、「現代詩手帖」の今度の特集には、写真家と詩人とか、五人の詩人による「詩のレシピ　ツイッター連詩」とか、いろいろある。その一つ一つに細かく触つていくのは、かなり時間とエネルギーの要る作業だといふことが、この一例だけからでも判つてくる。

2

最近の話題の一つに、「短歌研究新人賞」の石井僚一の作品「父親のような雨に打たれて」をめぐる「虚構論議」といふのがあつた。

石井僚一の受賞作三十首の中には次のやうな作品がある。

父危篤の報受けし宵缶ビール一本分の速度違反を　石井僚一

ふれてみても、つめたく、つめたい、だけ、ただ、ただ、父の、死、これ、が、

これ、が、が、が、が

遺影にて初めて父と目があったような気がする　ここで初めて

傘を盗まれても性善説信ず父親のような雨に打たれて

「父の死」が固有名詞であることの取り戻せない可笑しさで泣く

かつて父親を殴った水筒で墓前の花に水を与える

これを読んで、なかなか才気ある作者であることはわかるが、その年齢にまでは思ひ及ばない。新人賞は、作者についての個人情報——たとへば年齢、性別、職業等のことは伏せられたまま選考委員会がおこなはれるのが習慣だから、次のやうな選考の弁が出るのはごく当り前のことだらう。

「沈鬱な挽歌である。(中略) 一連の初めに閉鎖病棟にいる老人が描写されている。危篤の報せを受

けて初めて父と意識されたのだ。」（加藤治郎）
「父親の死と葬儀をめぐる心の揺れがややハードボイルドなタッチで詠まれている。真摯だが過剰にべたつかない心情表現に好感を持った。」（栗木京子）
「父親の老い、病、死を軸に、暗く激しいタッチで詠まれた一連である。」（米川千嘉子）
もう一人の選考委員の穂村弘は、座談会の中で、この一連のわかりにくさを言つてゐる。その一部を引用すると、
「いろいろ葛藤はあるけれども最後は子供のように素直な気持ちで、僕は永遠に父ちゃんの助手席にいて、『父ちゃん、前の車、抜かそうよ』とか言っても、父ちゃんは『ばかやろう』とか言ってのろのろ走る。（中略）気になるのは、加藤さんが読みにくそうに読んでいましたから、いくつかの歌は口に出すとやはり読みにくいんでしょうね」
穂村弘は、石井僚一の作品を一位に推してはゐない立場から発言してゐる。
ところが、受賞後に、この作者は二十五歳で、その作者の父親は死者ではないことが明かされたので、生きてゐる父親を、死者として歌ふことの「虚構」の可否が、かしましく論じられるにいたつた。
この問題については、『短歌』二〇一四年十一月号の歌壇時評で、黒瀬珂瀾が「とてつもなき嘘を詠むべし？」を書いて、ことの委曲をつくした論議をしてゐる。本誌の読者で、この問題に興味をもつ人は、ぜひ黒瀬珂瀾の文章を読んで下さい。
書いてゐるうちに、若い世代の黒瀬珂瀾の意見に刺激されたこともあつて、少し私の考へを言つてみたくなつた。石井が受賞後に北海道新聞朝刊（二〇一四年七月十日）に掲載された記事の中で「自分

の父親は存命中だが『死のまぎわの祖父をみとる父の姿と、自分自身の父への思いを重ねた』といふ石井自身の言葉が紹介されてゐることなどが話題になつてゐるやうだ。

わたしは、この機会に、わたしの書いた、いはゆる入門書の中で、この虚構の技術についてどう書いてゐたか、調べてみた。最近、宮内庁の仕事で、若い内親王殿下にさし上げるために『岡井隆の短歌塾入門編』（角川短歌ライブラリー、二〇一二年）、『今はじめる人のための短歌入門』（角川ソフィア文庫、二〇一一年）を読み返した。

中では、『短歌の世界』（一九九五年、岩波新書）の中で、

世界の終焉《をはり》までにしづけき幾千の夜はあらむ黒き胡麻炒《い》れる母　『日本人靈歌』塚本邦雄

孤り聴く〈北〉てふ言葉としつきの繁みの中に母のごとしも　『浜田到歌集』浜田　到

を例に挙げながら、次のやうに言つてゐた。

「けれども、わたしたちが、作者の『年譜』などというものを手にするのは、いわば偶然にしかすぎない。多くの場合、わたしたちは、歌の中の母を、事実上作者の母と想定して読む。そして、それでよいのである。／浜田や塚本の場合ですら、個別的な母が、普遍的母性のうちにひそんでいた。あるいは、個別的な母を呼んでいるつもりであったのが、いつのまにか、普遍的な「母ら」まで呼び出

すことになっていた。（中略）わたしたちが、『父』とか『母』とか『兄』とか『妹』とかいって作っている歌を、ふりかえってみるとき、意外にこれらの言葉は、普遍的抽象性（だからこそ、暗示性もつよい筈だ！）を帯びていることを、忘れてはならない。／絵空事（注、虚構）と事実との距離は、案外、近いのである。」

石井僚一の新作「アスファルトに射精を」（「短歌研究」二〇一四年十一月号）を読むと、父はもう出て来ない。「私の姉」は出てくるが、いかにも嘘くさく扱はれてゐる。それにしても、死者をよみがへらせる虚構は、歌によく使はれて、無理がないのに、父にせよ母にせよ、生者を死者として歌ふ虚構には無理があるといふのはなぜなのだらう。

もう一つ石井僚一に、要望するとすれば、読みにくさの原因になつてゐる、定型の五・七・五・七・七（短歌の唯一、最強の武器）に、もつと真つ正面から立ち向かつて、きれいな定型詩（多少の破調は、むろんあつていい）を書いてみたらどうか、といふことだ。虚構の話より、韻律の話の方が、わたしには持ち出しやすい話題なのだ。石井僚一の、次なる作品に注目したい。

3

小さな話題かも知れないが、メモして置く。「ちくま」二〇一四年十一月号に、鈴木道彦の「華麗な短歌のアルバム―『フランス文学者の誕生』余滴」といふ三頁の文がのつてゐる。ぜひこの本は読んでみるつもりだが、鈴木道彦の父、フランス文学者の鈴木信太郎には「華麗な短歌アルバム」があるといふ。わたしのやうに、第二芸術論の直接のあふりをくらつた世代のものには、かういふ話題は見のがせないのである。

もう大分前から、紹介しようかどうか迷つてゐる本に、國峰照子著『二十歳のエチュード』の光と影のもとに——橋本一明をめぐって』（二〇一四年三月、洪水企画）がある。

タイトルにあるやうに、『二十歳のエチュード』（今は角川文庫に入ってゐる）の著者で、一九四六年十月二十五日深夜、逗子海岸に入水、十九歳十か月の命を自ら絶つた、原口統三と、そのバイプレイヤー橋本一明をめぐつて書かれた本である。著者の國峰照子は一九三四年生まれだから八十歳である。

わたしがこの本をとりあげたくなる一因は、わたし自身、旧制八高生として、旧制一高の原口の『二十歳のエチュード』を、当時の文学仲間と読んで、ふかく感動したことがあつたからである。

「ところが今日、僕はふと『寒い』と思つたのだ。」（Etudes I）なんていふ断章は、わたしたち旧制八高の仲間たちの愛誦するところとなつた。

ところで、原口統三は、なぜ、自分の詩稿のほとんどを焼却し、無として、その上で、『二十歳のエチュード』だけのこして自死したのだらう。言葉による表現といふものの力についての絶望があつたとも伝へられたが、その純粋な生きざまに衝撃をうけながら、わたしたちは生きつづけて現代に到つてゐる。この差は何だつたのか。

このことは、たとへば一九六〇年の暮に自死した岸上大作の問題にもつながつて来る。

ただ、わたしが國峰の本を紹介し切れないのは、國峰の詩集を知らず、どんな人だつたからこそ、この執念をもつて原口や橋本のことを書いたのかを、充分には知らないからなのであつた。

田井安曇追悼キリスト教の歌

長い詩と短い詩／紀野恵の連作と谷川俊太郎の詩／服部真里子『行け広野へと』のキリスト教

1　田井安曇のキリスト教の歌

二〇一四年十一月二日に逝去した田井安曇の歌をアンソロジーで読んでゐたら、聖書に関連する歌が多くあるのに驚いた。

わたしは二十代の初めごろから田井安曇こと本名我妻泰《とほる》と親しく交はつたから、田井の歌はかなりよく知つてゐるつもりだつたが実はそれは単なる思ひ込みだつたのかも知れないと反省した。

詩人は常に殺されて来しという認識は十二小預言書にかかわるべし

安曇『水のほとり』

詩人は常に、当時の権力者によつて「殺されて来」たのだといふことを言ふのに、旧約聖書の『十二小預言書』を引き合ひに出してきてゐる。『十二小預言書』は旧約聖書の中でも後期に成立したといはれてゐる。「ホセア書」から「マラキ書」に至る十二章で、中では預言書らしくない「ヨナ書」が有名だ。

といつた解説を、今ここでしてみても仕方があるまい。田井が、父祖以来の信州のキリスト教徒なのだといふことをわたしはこの歌を読んで実感したのだつた。かれは、まともに、聖書を読み、キリスト教徒として生きたといふことだ。

わたしは一九六七年に「我妻泰歌集」を編んで雑誌「未来」の付録にした。のちに、田井自身がこれをパンフレットにして一九七五年に再版した。わたしと田井との友情のしるしのやうな此のパンフの中にも、母の死に際しての歌、

死ゆくもののための聖餐　ひざまづきて忘れし聖歌に和しつつありき

があつたのである。

田井の歌集『右辺のマリア』（一九八〇年、沖積舎）の題名ともなつた歌には、

磔刑《たくけい》のイエスをおろす構想の右辺《うへん》に藍にマリアを置きぬ

『右辺のマリア』

があつた。イエスが十字架から降ろされ、そこに聖母マリアが添ふ。いはゆるピエタの場面で、西欧絵画に、ほとんど無数といつていいほど画かれて来た。

田井は、自らの「構想」として、マリアを死せるキリストの右辺に置いたのである。著名な絵の一つにミケランジェロの「ピエタ」があるが、あれは中央にマリアが居て膝の上に死んだキリストを抱いてゐる。はつきりと左辺右辺にわかれるピエタの図は少ないかとも思はれる。

それを敢へて「右辺のマリア」とした、田井のこころにはなにがあつたのだらうと思ふことである。右辺左辺といふと、数式で使はれるそれを思ふ人もあらう。数式では等式・不等式にかかはらず、計算式は左辺で、結果が右辺である。田井が「右辺」に、マリアを置いたのはやはり「聖母マリア」崇拝の伝統をうけついだのだらうか。それともこの右と左は、政治用語にいふ右翼・左翼にもかかはるのか。

もう本人に訊くことは出来ないのである。

ダマスコののちのパウロが経ていたることばのあらぬ荒野《あれの》の日々や　『父、信濃』

この歌でも、田井はパウロ―はじめサウロとしてイエスに批判的だつたパウロが、ダマスコへの道で、復活後のイエスに会つたことによつて、改心して一気にイエスの忠実な使徒となつた。そのパウロに、自分自身を擬してゐる。念のため、新約聖書の「使徒行伝」第九章を引用して置く。

サウロは主《しゆ》の弟子たちに対して、なほ恐喝《おびやかし》と殺害《せつがい》との気を充たし、大祭司にいたりてダマスコにある諸会堂への添書《そへぶみ》を請《こ》ふ。（中略）往きてダマスコに近づきたるとき忽ち天《てん》より光いでて、彼を環り照らしたれば、かれ地に倒れて『サウロ、サウロ、何ぞ我を迫害するか』といふ声をきく。彼いふ『主よ、なんぢは誰ぞ』答へたまふ『われは汝が迫害するイエスなり。起《お》きて町に入れ、さらば汝のなすべき事を告げらるべし』（中略）サウロ地より起きて目をあけたれど何も見えざれば、人その手をひきてダマスコに導きゆきしに三日のあひだ見えず、また飲食《のみくひ》せざりき。

以来、サウロことパウロはもつとも熱心なキリスト教の使徒となつたが、その時のパウロの日々を、田井は「ことばのあらぬ荒野の日々」ととらへてゐるのだ。たしかに、思想転向したあとのパウロの日々を、わたしたちのうちにある転向後（それは人生でたえずおきることなのだが）の生と重ねて歌ふのは、非凡であるし、聖書についてよほど深く考へてゐないと、かうした歌は出て来ないのである。尚『右辺のマリア』には「ガリラヤ」といふ切実な一連もあつて、

月光に歩むマリアのかなしかるおもわをついに思いみざりき　『右辺のマリア』
わが在りし教会についに戻れぬこと〈戦後〉の何にかかわりている　同

のやうな逆信仰の告白もあることをつけ加へておく。

2　長い詩と短い詩

季刊「びーぐる」第25号で「短い詩」の特集をしてゐた。「短い詩」とはなんだらう。字数の少ないのが「短い」のか。長短の区分のほかに、定型か非定型かといふ差異もあり、また、短歌には連作か、単作かといふ違ひもある。

一首としては短歌は短いに違ひないが、それが五首、十首と連なると、単に五行、十行の詩とは違

ふ、互ひに呼応し合ふ構造としての複雑さを生んでくる。

手はじめに、歌集の中の歌を、連作とみなして読んでみよう。

紀野恵の歌集『フムフムランドの四季』（一九八七年、砂子屋書房）は、作者二十二歳の時の作品で八〇年代の終りごろ、丁度俵万智が登場したころに現はれた。

一冊の歌集を、一つの物語として構成してある本で、最初のところに「フムフムランド入国案内」をおいてゐる。


　フムフムランドは日本国の南方海上三百余里に有り。住民の性は温和にして、ややこんぐらがりたる所有り。気候温暖、四季の実りは豊かに、人々昼夜を分かたず居睡りつつ手すさびに書物をめくりはたまた枕にして日々を暮らす。／此の集にあつめたる歌二百首は、この国のきはめてのらくらなるキノメグミといへるひとの詠めるなり。日フ友好の永からむことを願ひて、日本国の朋に贈る。また、英国のシャーロック・ホームズ氏と三河国《サン・フー・ムー》の岡井隆氏に感謝をこめて。／フムフムランド国王フムフム／フムフム暦八四五年三月十七日

贈られた当のわたしは、そのころこの歌集が、いかに反時代的で、革命的なのかに、ほとんど気づかずにゐた。

二百首の歌が、五首づつまとめられてゐる。連作の一つの例として、話題にしようとしてゐるので、「閑々」と題された五首を出してみよう。

屋根の上を伝ひあるきのしづけさの昼のひとり居いつも独り居
現在をほぼ棄て去りて坐る椅子花梨いろしてゐる前世紀
わたくしはどちらも好きよミカエルの右の翼と左の翼
イタリイといふうす青き長靴のもう片方を片手に提げて
白き花の地にふりそそぐかはたれやほの明るくて努力は嫌ひ

一首一首は独立した一行の詩で、字数からいへば短い。しかし、一首の意味内容の稀薄さ、いはば〈無内容〉さはいちじるしく、それは作者の意図したものである。歴史的仮名遣ひをつかつて、文語が基調かと思へば、別段それに固執してゐない。大体、なにか一つにしがみついて信念をのべるとか、ぐわんばるとかいふことがない。まさに、「ほの明るくて努力は嫌ひ」なのである。

大天使ミカエルの図を『天使の世界』（マルコム・ゴドウィン）なんかで見てみても、別段右の翼と左の翼に特徴があるわけではない。この歌は悪魔とたたかふ天使長の役目に感動してゐるわけでもない。

これはきはめて重要なことだが、紀野恵のことばの業《わざ》ははじめから完成してをり、いはゆる巧《うま》い歌人なのである。ある意味で、天才性をもつてゐる。かうした巧みな歌人は、他には小池純代がゐるが、最近の新人たちが各賞の作品（大てい、二十首、三十首、五十首の連作であるが）で示してゐる技倆の点では、紀野や小池には遠く及ばないのであり、それが一つの時代の特徴なのだといつてもよい。巧《うま》い歌人は、今よろこばれないのである。むしろ、不器用に、真面目に、歌ふのが流行してゐるともいへる。現代詩の方でいへば、日和聡子のやうな、ことばの使ひ手は、ほとんどゐなくて、どこか泥くさい一所懸命さが受けてゐるみたいだ。
さて、このやうな、「短歌」（短か歌）の連作にくらべたときに、「びーぐる」に載つてゐた次のやうな詩は、長いのか短いのか。

道で拾った詩　　谷川俊太郎

居間で主婦がメスを研いでいる
厠で課長が回文を考えている
廊下で娘が芥子を栽培している
庭には祖父母の骨が散乱している
私は呆れてものが言えない
細部に於いて辻褄が合っていても
人生は全体としては意味をなさない

七行の詩が頁の中ほどに刷ってある。例へば柏木麻里の「蝶」といふ詩、「雨が蝶をきく」に比べれば谷川の詩は長いといへるが、長短はこの際、ほとんど問題でないともいへる。柏木の「蝶」とは、構造（行《ぎやう》の構造）が違ふのであつて、長短が問題ではない。

谷川の詩は、はじめの三行は場所とそこに居る人の行動であり、四行目で大きく転換する。はじめ三行が「起」句なら四行目で「転」じて後半三行は「結」だらう。

「細部に於いて辻褄が合っていても／人生は全体としては意味をなさない」とは、ある意味で言へば、紀野恵の五首にもそのままあてはまりさうな人生観の披瀝ともいへる。

さういふ詩が、八〇年代の終りではなく、現代に書かれて、われわれの共感をよぶのだとすれば、八〇年代は、二十一世紀の今へと連続してゐるのだ。

3　服部真里子『行け広野へと』もう一つの聖書の歌

我妻泰こと田井安曇のキリスト教の歌からはじめたので、服部真里子の歌集の中の次のやうな歌を、とり上げてみたい。

明晰さは霜月にこそさびしけれスレイマーン、またはソロモン
キング・オブ・キングス　死への歩みでも踵から金の砂をこぼして
あかあかと愛の言葉よあの日静かにモーセの前で燃えていた柴
塩の柱となるべき我らおだやかな夏のひと日にすだちを絞る
少しずつ角度違えて立っている三博士もう春が来ている

服部真里子

解説者の黒瀬珂瀾は「『スレイマーン』とは古代イスラエルのソロモン王のアラビア語読み。（略）

二首目、『王の中の王《キング・オブ・キングス》』とはイエス・キリストを指すのだろう。（略）三首目は『出エジプト記』にある、燃える柴を通してモーセが神と最初に出会ったシーン。（略）四首目はソドムとゴモラの滅亡時に塩の柱となったロトの妻の話を踏まえている云々」と言つてゐる。同じく聖書に立脚しつつ、真里子の歌は、田井の歌と、大きく異なつてゐるが、わたしを悦ばせる点では、同じである。

詩とは何か
小池昌代の詩と詩論／辻征夫の詩と詩論／高橋睦郎論の予報

1 小池昌代の詩と詩論

詩人であり小説家でもある小池昌代の『詩についての小さなスケッチ』（二〇一四年十一月、五柳書院）が出た。帯文に〈まっすぐな著者初の詩論集成《エッセイ》〉と謳はれてゐる。

「はじめに―詩とわたし」といふ巻頭の書き下ろしには、次のやうに書いてある。

「なぜ詩に惹かれたのか、わからない。わたしが仕方なく『詩』と言葉で呼んでいるあのものを、他の人は、同じように仕方なく他の言葉で呼んでいる可能性はある」

まことに率直である。しかし、かういふ書き方をする詩人は、小池さんだけではない。

詩人は〈詩とはなにか、わからない〉といふところで詩を書いてゐる。

歌人の多くは、これに反して、〈短歌とはなにか〉といふところで立ち止まつてはをれない。万葉集以来の五音七音五音七音七音といふ音数律の詩の歴史の、千四百年ほどの時間の末端にゐて、定型詩を書いてゐることを疑つてゐないからだ。疑ひたくても疑ふことの出来ない歌の歴史と、作品の重責の下に自分たちが居ることは誰も知つてゐる。

では、その音数律詩の歴史を含めて、〈詩とよばれてゐる詩歌〉とはなんなのかといふ問ひかけは、歌人の場合全くないといへるのかどうか。その点は、あとで、若い人の歌集を見て検証することにして、さしあたり、小池さんのエッセイ集を、もう少し読んでみよう。

「スペイスとプレイス─詩の生まれるところ」といふエッセイは、いきなり、

「人間にとって場所とは何なのだろう」

といふ一行から始まつてゐる。以下エッセイの中の言葉を抄出する。

「小説（注、小池の書いた『わたしたちはまだ、その場所を知らない』といふ小説）のなかでは、学校裏庭にある『葡萄棚の下』という空間で、中学生たちが詩の朗読会を開く。（略）そこへ光が差しこんでくる。（略）差し込んで来た光が、あの空間を、共通の場として、手術のメスのように切り開いてくれることを祈っていた」

「光が場所を照らし、温度を届ける。そういう光景に心惹かれる。スポットライトのように、何かを目的として集中的にあたる光ではなく、そこに何もないのに、何もないことを照らす光だ」

このあと、中国生まれの地理学者イーフー・トゥアンの、英語で書かれた『空間の経験』（山本浩訳、一九九三年、ちくま学芸文庫）を読んでゐる話が出てくる。イーフー・トゥアンの本はあのころ評判になつた本で、わたしも読んだことを思ひ出した。しかし、小池の読後感といふのはユニークで「初めて知った著者だが面白い。面白い本というのは、そこに何か答えが書いてあるようなものではなく、疑問ばかりが次々と噴出し、連想が広がっていくような本のことだ」かういふ読み方自体が、詩もまたさうであつて〈疑問ばかりが次々と噴出する〉なにもない空間みたいなものだと言つてゐるやうに思へてくる。

「イーフー・トゥアンの著書のなかには、場所とは空間が成熟したものであるという考えがある。ま

た『場所とは、運動のなかの休止である』といふ記述もあった。空間は閉じながらもどこか開いていて人間を取り囲むが、囲むばかりかそのなかへ含み入れ、人間を空間の部分にする。スペイス（空間）に、時間、つまり個人の『経験』が組み込まれていくことで、空間は場所になっていく。空間が煮つまりながら、親しく、平べったく広がったもの、それが『場所』といっていいだろうか。

すべて比喩で語られてゐるなどと思つてはならないだらう。小池にとつて、「場所」とか「時間」とは、直接、実感されてゐるのだ。

「そもそも詩とは世界のなかに開けた『場所』のことだ。言葉は光。わたしは空間に、光のかわりに言葉を差し込み、『場所』を照らす。照らされた、何もない地面が一篇の作品だ」

こんなふうに、一応の結論を下してゐる小池の、作品の中から、わたしなら詞華集（たとへていへば、「現代詩百人百詩」のやうなもの）に選ぶだらう一篇を示して置く。

永遠に来ないバス　　小池昌代

朝、バスを待っていた
つつじが咲いている
都営バスはなかなか来ないのだ
三人、四人と待つひとが増えていく
五月のバスはなかなか来ないのだ

首をかなたへ一様に折り曲げて
四人、五人、八時二〇分
するとようやくやってくるだろう
橋の向こうからみどりのきれはしが
どんどんふくらんでバスになって走ってくる
待ち続けたきついい目をほっとほどいて
五人、六人が停留所へ寄る
六人、七人、首をたれて乗車する
待ち続けたものが来ることはふしぎだ
来ないものを待つことがわたしの仕事だから
乗車したあとにふと気がつくのだ
歩み寄らずに乗り遅れた女が
停留所で、まだ一人、待っているだろう
橋の向こうからせり上がってくる
それは、いつか、希望のようなものだった
泥のついたスカートが風にまくれあがり
見送るうちに陽は曇ったり晴れたり
そして今日の朝も空へ向かって

埃っぽい町の煙突はのび
そこからひきさかれて
ただ、明るい次の駅へ
わたしたちが
おとなしく
はこばれていく

詩集『永遠に来ないバス』（一九九七年、思潮社　現代詩花椿賞受賞詩集）より。

2　辻征夫の詩と詩論

小池さんの〈場所探し〉といふので思ひ出した詩人がある。『ゴーシュの肖像』（二〇〇二年、書肆山田）といふエッセイ集を出した辻征夫である。その中の講演の題が「詩の場所――詩はどこにあるか」といふので、奇しくも「場所」を探す小池昌代に通ずるみたいであるが、辻征夫の言ふところは、全く違つてゐるのだから、話題にしたくなる。

辻の父は、兵隊として中国へゆき帰つて来た人であるが、一九八二年に肺癌の手術をうけて、退院直後に心臓の発作をおこして数日後死ぬのである。

「その死ぬ前に自宅の病室で、ぼくと二人で食事をしたことがあります。階下まで降りるというのを、止めたんです。そのときに、ぽつんと、『兵隊のとき、広島にいたんだ』とか、とっくにぼくが知っているることを言うんです。『うん、知ってるよ』と言うと、また、『井伏鱒二が『黒い雨』というのを書いているけれども、読んだか』なんて言う。『読んだ』と言うと、『うん』と言って、あとはもう黙っている。（略）そんな程度の会話なんですね。翌日の夜、（略）二度目の発作を起こして死んだのですけれど」

「この父のことをぼくは、父の死から一年たって、書くことが出来ました。『珍品堂主人、読了セリ』という作品です」

この作品については、後で引用して紹介する。ここで、辻がのべてゐる、詩と経験とのかかはりについての考へが、わたしには面白いのである。

「何か出来事というか、大きな経験をしたときに、そのことをすぐ作品にするというタイプじゃないんです（注、詩人は皆さうだと言ってゐるのではない。「タイプ」として自分を特化してゐるところにも注目）」

「自分の内部で、思いがけないくらい醱酵して来なければ、詩なんて書けるものではありません。一年たってようやく、かたちを見つけましてね、短歌とその詞書きというかたちで書いたんです。（略）日本人だものだから、つい、というか自然にというか短歌のかたちになっちゃった、という設定ですから、下手で充分なんですね。詞書きの方は漢字とカタカナ、そして文語体で書きました」

あくまで「設定」された「作品」なのだといふところは見逃さないで置きたい。

辻の詩集『天使・蝶・白い雲などいくつかの瞑想』（一九八七年、書肆山田）から、「珍品堂主人、読了セリ」を、／を使つて行替へをせずに引用する。

死去のこと／知らすべきひとの名簿つくり／我に託して死にし父かな／（昭和五十七年七月七日、

向島ヨリ父ト二人、車ニ／テ都立駒込病院ニ向フ。入院ノコト決定セシハ六月／末日ナリ。同日、電話ニテ父ニ呼バレ、後事ヲ託サ／ル。大方ハ諸手続キノ説明ナリ。万一ノトキノタメ／ノ名簿、入院マデニ作製ストイフ。タダ聞キ、頷ク／ノミ。車、浅草ノ裏町ヲ通リタレバ、自ヅト懐旧譚／出ル。父ノ少年時ヲ過シシ町ナリ。入谷ヲ過ギルア／タリデ、名簿、受ケトル。折シモ朝顔市ナリ。）

珍品堂主人読みたし／おまへちょっと探してくれと／死の前日にいひし父かな／（井伏鱒二ハ、父ノ大学ノ先輩ナリ。面識ナシ。因ミ／ニ久保田万太郎ハ小学校ノ先輩ナリ。面識サラニナ／シ。昭和五十七年九月二十五日、亀戸駅ビル新栄堂／ニテ同書購入、父ニ渡ス。同夜、夕食ノタメ階下へ／行クトイフヲ説得シテ病室ニトドメ、食事運バセテ／父ト晩餐ヲ共ニス。幼児二人アレバ、母、妻ハ階下／ナリ。父、「黒い雨」ノコトナド少シ話ス。昭和二／十年八月七日、近郊ノ山中ヨリ出デ、一兵士トシテ／広島市街ヲ歩キシコトアリ。コノコト、三十有余年／殆ド語ラズ。翌九月二十六日午後八時三十分、二度／メノ心筋梗塞発作ニテ死ス。享年七十二。肺癌手術／後六十日メナリ。）

そのかみの浅草の子今日逝きぬ襯衣《シャツ》替へおれば胸あ／たたかし／（葬儀ヲ行ハントスルモ宗派ヲ知ラズ、寺トノツキ／アヒモナシ。タシカ××宗トノ家ノモノノ朧ナ記憶ヲタヨリニ、葬儀社ニマカス。花輪ハ謝辞ス。枕頭／ノ珍品堂主人一巻、棺ノ中ニトイフ思ヒ浮カベドイ／レズ、後日読了セリ。）

傘さして位牌一本買ひに行く仏壇仏具稲荷町かなし／（右ノ一首、四十九日ヲ旬日ニ控ヘテ詠ミタリ。）

これに対する辻の解説は次のやうになつてゐる。

「それで、いまぼくが何処にいるかというと、ずいぶんへんなところにいると思います。あるとき、現代詩というのも、結局、短歌、俳句と同じで、万葉以来の日本語の伝統と言いますか、そういう流れの中にいるんだなと思ったんです。（略）これは非常に嬉しいことで、安心感もあるし、なんだかホッとしたという感じ。（略）現代詩は別のところに立っているなんて時代はもうとっくに過ぎてしまっている」

「でも、同じ流れの中にあると思ったそのすぐあと、ほんとうにそうだろうか、という気持ちもすぐ出て来るんです。そして、この〈あとの方の気持ち〉の方がおそらく事実に近いだろうし、何だか重みがある。（略）現代詩は何を拠り所にしているのかと言えば、何も無いんです。（略）長さの制限も書き方の制限も無い。なんにも無いんです。こんな文芸があるでしょうか」

前に言つたことを裏切るやうに、「無い」ことを主張するあたりが面白いではないか。

3　高橋睦郎の過去と現在（宿題）

『続続・高橋睦郎詩集』（現代詩文庫二〇九）が、二〇一五年一月思潮社から出た。著者の編集になるこの一巻には、自由詩の外に、「祝詞」「祭詞」「常磐津」「地唄」「童唄」「狂言」「謡曲」が入つてゐる。また独吟歌仙「山めぐりの巻」も入つてゐる。

睦郎の作品は、一九七八年の『道饗』（書肆林檎屋）のころとでは、どのやうに変つたのか。

高橋睦郎を詞華集に入れるとしたら、何を選べばいいのか。それも一つの宿題として、ここに名前だけをあげて置く。

はたして古典に学ぶことは、詩人としての安心立命にやすやすと結びつくのかどうかは永遠に「わからない」のではあるまいか。

詩とは何か（続）

藤富保男／辻征夫の詩論の中の賢治の詩

1　藤富保男の詩と詩論

詩とは何かといふ話を、もう少し続けてみる。

藤富保男の『詩の窓』（二〇一一年、思潮社）から、ところどころ抄出する。

一、感情をそのまま書くのは逆に感動が少ない。

たとえば山でも海でもいいが、そこを訪れてすばらしい風景に出合った、とする。あるいは可愛がっていた犬をなくして悲嘆にくれた、とする。こういうときに人は「ああきれいだ」「……が美しい」「ああたえられない淋しさで……」「……して悲しい」というように書きたくなる。（略）ジカで生の「美しい」「悲しい」という表現は、他人に通じないことがある。美しさを比喩で言ったり、何にくらべて悲しみが大きいのかを書くこと——すなわち事件や事象に距離を置くこと、あるいは、冷えた状態から改めて表現することが大切である。現に、しあわせ一杯だ、というような詩で成功した作品は皆無と言ってよい。

これなど、大正時代の島木赤彦の歌論を思ひ出させる意見である。「主観句（かなしい、とか美しいとか）を抑えよ。客観的に描写したり叙述したりせよ」といつた意見である。短歌のやうな、字数の制限のある詩型でさへ、かういふ主張があつた。自由詩や散文詩でも、「ジカで生」な表現は避けよ、と藤富はいふのだ。ここで比喩を持ち出してゐるのは、詩歌の常套手段ともいへるが、そのことが「事件や事象に距離を置くこと」であり「冷えた状態」を作り出すことだといふのは、藤富独特な意見である。以下、箇条書きしてゐる意見を、箇条だけ抄出する。

二、他人が使った言葉を使うのは慎重でありたい。
三、題をつけることは、詩文と同じくらいの比重で考えること。
四、自分で自分の詩をむずかしくしないこと。

藤富の詩を読めばわかるが、これら箇条書きの意見も、読者は、笑ひをうかべながら、きけばいいのである。

藤富保男には『藤富保男詩集全景』（二〇〇八年、沖積舎）といふ本も出てゐる。ここでは、藤富自身が、詩論の中で引用してゐる詩を挙げてみる。

六時に女に会う　　　　藤富保男

女と会う

一人の女に
一人の六時に
一人で六時のところに立って

六時だけが立って
誰もいない

これだけの短い詩だ。しかしこれを短歌や俳句に作りかへるのは不可能だ。タイトルの「女に会う」が二行目の「女と会う」へと変つていく。「に」から「と」へ変る。さらに「一人の女」と強調される。そして四行目で時間が出てくる。本人の解説によると「夕方が想像できるので『午後』六時などとしてない。『男』が書いてないが、六時が男の化身（比喩）で立って待ちぼけをしている」とのことだが、この本人の解説それ自体、ユーモラスである。

藤富は「詩に政治の風景を導入し、または詩を利用して社会に苦情を訴えようとする傾向」に対して「それらは詩の一面でしかない」と言つてゐる。「詩は抒情の館であると思っている人もいる。これも一面にすぎない」ときめつけたあとで「ぼくはいつか『詩的冗談』こそが詩が描く王宮である」と宣言した末に「もちろん、こういう考え方の角度に座っているぼくも、詩の一面を打ち出したにすぎない」なんて平然と言つてのける。

藤富の詩論は、詩をゆつくりと眺めるのに丁度いいので、読み始めると、とまらなくなる。甘い酒のやうな味があるが、この辺でもう一篇、これも作者が引用してゐる詩を紹介してこの項をしめくくらう。

「ある家でそこの夫人と話をしていたら、よそから女主人あてに電話がかかり、ぼくは話を中断されて待たされた。もう終るだろう、と待てど話は山盛らしい」といふ状況下でノートに書きつけた詩だといふことだ。

長電話　　藤富保男

のびた腕に
できるだけ手入れの行きとどいた腕毛が
まとめてある夫人がいて
無尽蔵に皺だらけの近況を引きのばしている

やがて　雨ふたつ　みっつ　そしてなつ

理智的にここらで　大あくび
ふくらむ顔は咲き乱れ
蝦蟇がとび込む　のどの淵

雨　ここらで　ここのつ　風ひとつ
おたがい様の次は
おかげ様で　話の鼻に話をつけて

といふのであるが、この詩の文頭の字を逆にたどると「おお雨蝦ふ理や無までの」となる。「長電話」（題名）を追読すると「大雨が降りやむまでの長電話」（川柳）が織り込んでありますよといふのであるから愉しいではないか。藤富の詩集『新聞紙とトマト』（一九七九年、国文社）は「全篇、異なった方式で隠し文字を入れた詩集で、詩の一行はここでも文字鎖という約束によって連結されている」とのことだから、高い棚から、もう一度『藤富保男詩集全景』（二〇〇八年、沖積舎）（一一六一頁の重い本だ）をおろして来て調べてみたくなつた。藤富は一九二八年生まれの詩人、東京外国語大学モンゴル語学科卒。公立学校で英語教師をしてゐた。など年譜で知ることができる。

2　辻征夫の詩論の中の賢治の詩

辻征夫の「詩の話」（『ゴーシュの肖像』二〇〇二年、書肆山田）を読むと、藤富とは違ふ詩の定義に逢ふことができる。「詩とはなにか」といふ問に対する答として辻は次のやうに書いてゐる。

ここに一人の男がいる。もちろん女でもかまわないけれど、たまたま私が男だから、男ということにしておく。

この男が外に出る。もちろん出なくてもかまわない。書斎にいても、半坪に満たない洗面所にいてもかまわないのだが、一つの例として、外に出ることにする。

辻征夫は、この文章を「中央公論」といふ、当時の代表的な論説雑誌の一九九六年十月号に頼まれて書いてゐる。少し構へが見えるのはそのためもあるだらう。「男」といつたかと思ふと「女でもかまわない」と言ひかへる。「外に出る」といつて置いて「もちろん出なくてもかまわない」と言ひかへる。思考が、文意になるべく広がりと公平さを与へるやうに変つていく。それは、詩とは関係のない一般読者を意識してゐるためだ。その点も、藤富保男の、ある意味で勝手きはまる態度とは、大分違つてゐる。

一つの例として、外に出ることにする。場所は、自然のただなか、とでもしておこうか。山が見え、森があり、風が吹いている。風は男の背中から胸へ吹き抜けて行くようだ。このとき男が、思わず発する言葉、これが詩の〈始まり〉である。それは、単に、ああという音かもしれない。ああいいなああああという吐息のようなものかもしれない。あるいはもう少し周囲の状況を詠み込んだ、こんな言葉かもしれない。

と、ここまで言つて来て辻は、宮沢賢治の詩を出すのだが、それは後にして、藤富保男が、「たとえば山でも海でもいいが、そこを訪れてすばらしい風景に出合った」ときに人が発する「ジカで生」の嘆声を、ここで思ひ出してもいいのである。辻征夫が書いてゐる「ああいいなあああという吐息のようなもの」と通ひ合ふので、比較してみたくなつたのだ。しかし、このあと辻が引いてゐる賢治の詩は、「ジカで生」な吐息とは違つてゐる。しかし「吐息」である点は共通してゐるかも知れない。

海だべがど　おら　おもたれば
やつぱり光る山だたぢやい
ホウ
髪毛《かみけ》　風吹けば
鹿踊《しし》りだぢやい

この詩は、賢治の『春と修羅　第一集』（原著は『心象スケッチ　春と修羅』として大正十三年〈一九二四年〉に刊行された）の中の「高原」といふ詩（賢治風にいへば心象スケッチ）で「（一九二二、六、二七）」の日付注が編集者によつてつけられてゐる（ちくま文庫『宮沢賢治全集Ⅰ』による）。

これは宮沢賢治の小品だが、これを、宮沢賢治という肉体をもった一人の男が山野に立ったとき、こういう言葉がその肉体を通り過ぎた、ということなのである。
もう少し言えば、男は実際には山野に出なかったかもしれない。小さな部屋の、ランプと白紙の前で、山野に出た一人の男の姿をまざまざと思い浮かべていたのかもしれない。さきほど、書斎にいても洗面所にいても同じと言ったのは、そういう意味である。

詩というのは、どこにいてもいい一人の男（注、さきの辻の自注によれば一人の女でも同じだ）に、いま述べたようなことが起きれば、それでいいという簡単なことなのだが、一つだけ条件がある。それはその男が、彼が属する文化圏の文化に、素直に共鳴できる資質を持っているということだ。もう一つ時代とのかかわりを言えば、一九九六年（注、この文章の執筆年である）の詩を書くためには一九九六年の人間でなければならない。簡単な話だが、少しややこしくなるのは、なにしろ話題が「現代詩」なのだから仕方がない。

こんな風に、辻は〈詩とはなにか〉といふ問に対する、一つの答を、「少しややこしくなる」のもかまはず書いてゐる。

辻が賢治を引いたのは、やはり賢治といふ詩人が、その童話によつて一般によく知られてゐる点を考へたからに違ひない。

しかし、よく考へると、この「高原」といふ詩だつて、読者にすぐわかる詩ではない。日本近代文学大系36『高村光太郎　宮沢賢治集』（一九八六年、角川書店）の、恩田逸夫の注釈を参考にしながら、一応読み解いてみる。

「高原」は「岩手山」（四行の詩）および「印象」（七行の詩）と同じ制作日付をもつてゐる。賢治は自分の「高原」「心象スケッチ」を、その日三つつづけて書いたのである。詩が、ある意味で即興の作品であることはたしかなのだ。「高原」は、はじめ「叫び」と題されてゐたといふから、いよいよ「吐息」説に近づいてくる。方言で書かれてゐるので語釈がある。

海だべがど　おら　おもたれば　海だろうかと、わたしは思ったら、の意の方言。高原を海のように感じることは、詩「五輪峠」のなかで、「いま前に展く暗いものは／まさしく北上の平野である／（略）／海と湛へる藍と銀との平野である」と書いている。ホウ　叫び声。風吹けば『全集』では、「風吹げば」。鹿踊りだぢやい　鹿踊りだよ、の方言。鹿踊りは、花巻地方の郷土芸能。鹿の頭部をかたどった面をかぶって踊り、頭上に黒い長い毛がついている。（恩田逸夫による）

この「高原」といふ作品は「宇山博明筆で昭和三六年三月二五日、花巻市立図書館の裏庭に詩碑が建てられた」とのことであるから、誰が読んでも（花巻方言を知らなくても）「叫び」が伝はってくる詩なのであらう。

危険な詩人　荒川洋治

「危険な詩人」荒川洋治を話題にする。

＊

荒川洋治の詩を、どれか一つ読んでみたいといふ時に、「美代子、石を投げなさい」を避けることはできない。この詩は、「新潮」一九九二年六月号に載つた。作者四十三歳の作品である。詩集『坑夫トッチルは電気をつけた』(一九九四年、彼方社)に入つてゐる。

全部で六十八行の詩である。詩を全行読んで話をすすめるこれまでのわたしの方針からすると、この連載では引用し切れない長さである。しかし、いづれは短篇小説や評論と区別しにくい詩を扱はなくては、現代詩の話はできないのである。

さういふ、散文性のつよい(韻文ではない)詩、物語詩、エッセイ風の詩こそ、短歌とは違ふ、現代詩の、取柄といふか、わたし自身も愉しみとしてゐるところなのだ。

美代子、石を投げなさい　　荒川洋治

宮沢賢治論が

ばかに多い　腐るほど多い
研究には都合がいい　それだけのことだ
その研究も
子供と母親をあつめる学会も　名前にもたれ
完結した　人の威をもって
自分を誇り　固めることの習性は
日本各地で
傷と痛みのない美学をうんでいる
詩人とは
現実であり美学ではない

ひとまづ此処までにして置かう。「腐るほど多い」と毒づかれた「宮沢賢治論」の一つを、前回の終りに辻征夫がらみでとりあげたので、その反証みたいに、荒川の「美代子、石を投げなさい」を紹介しようといふのではない。おもしろいなあ、とかねがね思つてゐる荒川対宮沢賢治の対決を一度ゆつくりと考へてみたいと思つたからなのだ。

この詩の初めのところをよく見ると、「ばかに多い」「腐るほど多い」など、荒川らしくない俗なる言葉遣ひが出てくる。「研究には都合がいい」といふ批判めいた口ぶりもさうだ。たくさんのすぐれた文学に関するエッセイの書き手である荒川が、賢治研究のすぐれた論文や研究家たちの業績を知らないわけがない（今、わたしが偶然だが読み返しつつある本でいへば、精神医学者福島章の『宮沢賢治——こころの軌跡 PATHOGRAPHY』パトグラフィーとは病跡学と訳される専門語——がある）。そんなことは荒川は百も承知なのだ。例証として荒川自身の『文学のことば』（二〇一三年、岩波書店）など、いくらでも挙げることができる。

「子供と母親をあつめる学会も　名前にもたれ」なんていふのも、わざと「子供」や「母親」を差別してみせる。「人の威をもって／自分を誇り　固めることの習性」なんていふのも、ちよつと頭に来た人の軽薄さをよそほつてみせてゐる。これは荒川本人ではなく、軽薄な人物に自分を偽装してみせてゐるのである。荒川洋治ではなく、ちよつと低い人物としての荒川ダッシュをもち出してゐるのだ。これは、詩の技法の一つ、作中人物といふ奴で作者とは違ふ〈わたし〉なのだ。では荒川の本音はどこにもあらはれてゐないかといへば、さういふことはない。

荒川のエッセイ集の一つに『夜のある町で』（一九九八年、みすず書房）がある。その中に「注文のない世界」といふ宮沢賢治を扱つた一章がある。

「宮沢賢治の詩をこの機会に少し読んだ。三〇分でほぼ詩の骨格の理解を完了した。ことばは鋭利。濃縮され、あたたかみもある。イメージは豊富、作品の完成度はのきなみ高い。組立てもうまい。ほんの少しだけ見てもそのくらいはわかる。だれにもわかる」と書き出されてゐる。書き出しからして悪意丸出しである。まづ持ち上げて置いてあとでどしんと落とす。どこかのマスメディアお得意のやり方を再現してゐるみたいだ。

……と書いても全然気乗りがしないのはいいものであったにしてもそれ以上は興味がもてないものであるからで、いたしかたない。どうして興味がもてないのか。宮沢賢治は世界観で書いているからである。ぼくなどはやわなので、ぶらぶらしたいために書く。だから世界観というもののそのものが正直いって理解できないのだ。（荒川のエッセイの続き）

変える力、注文をつける力は彼の世界観の内部にはなかったと思う。宇宙論や生命論など大振りなものでつくられた世界観とはそういうもの。もしそれを成長させるとしたらそれは世界観などより語感も内容も小さくて卑俗なもの、たとえば文壇なり詩壇といったものだろう。（略）「壇」は最高の教育機関となる。しのぎをけずるからだ。（略）「壇」を軽くみたところに生え出る世界観は好奇の対象以上のものにはならない。（荒川のエッセイの続き）

かなり粗つぽく抄出してゐるので、必ずしも荒川のエッセイの、わざととつてみせた擬態がうまく紹介し切れてはゐない。また、「壇」の話は、荒川の詩集『渡世』（一九九七年、筑摩書房）の「雀の毛布」に作品化されてゐる、荒川の持論の一つだが、これはまた、別の問題呈示とも言へるのでこれ以上ふれない。

夭折という偶然によって晩節の汚れから逃れた詩人を美化することで満足している国民はいいとしても、数々の体験をくぐったはずの現代の詩人までが「宮沢派」であるのは、現代の詩に身

を切るような歴史が存在しなかったことの証しかもしれない。（荒川のエッセイの続き）

ここまでものごとを単純化してまで喧嘩を売るのはなぜなのですか荒川さんと言ひたくなるところであるが、荒川の此のエッセイは次のやうに結ばれてゐる。

なお宮沢賢治崇拝者を批判する文をぼくが書くのはこれがはじめてではない。読売新聞（一九八九・一一・二七）朝日新聞（一九九〇・一一・一〇）に書き、「美代子、石を投げなさい」（一九九四）で続けた。以前から一貫している。一貫して非国民である。

さて、「美代子、石を投げなさい」の続きをもう少し引用してみよう。

宮沢賢治は世界を作り世間を作れなかった
いまとは反対の人である
このいまの目に詩人が見えるはずがない
岩手をあきらめ
東京の杉並あたりに出ていたら
街をあるけば
へんなおじさんとして石の一つも投げられたであろうことが

近くの石　これが
今日の自然だ
「美代子、石投げなさい」母。

この詩は、荒川によつて充分に練られた詩行から成つてゐる筈だが、この十二行目のところは、謎めいてゐる。「世界を作り世間を作れなかった」とは「世界」と「世間」の語呂合はせだらうが、急に「世間」が出てくるあたりもちよつと説得力がない。荒川には『世間入門』（一九九二年、五柳書院）といふエッセイ集があり、中には前掲の朝日新聞に書いたといふ『「宮沢賢治」の壁』といふ一文も入つてゐて、その冒頭には「宮沢賢治の読者による『学会』の数はたいへんなものらしいが、またまた規模の大きいものができたらしい。これでまた日本の詩が一〇年は遅れるな、というのが正直な感想である」のやうな激しい毒舌もあり、中ごろには「この風潮というか〝伝統〟は、現代の詩にとって『定型詩』（短歌・俳句）以上にてごわい敵となりつつある」といふ見逃しがたい一節もあるのだが、そのことは、また別の機会に、わたし自身、荒川に対決してもよいと思ふ。ここではなぜ、荒川が、「美代子」などといふ架空の人物とその母を出したのか、それを考へてみたい。

「岩手をあきらめ／東京の杉並あたりに出ていたら」云々といふのは、むろん、賢治伝の誰でも知つてゐる一節を、故意にねぢまげて無視したのである。

「大正十年（一九二一）二十五歳。一月二十三日夕、無断上京。国柱会本部を訪れ、高知尾智耀に会う。本郷菊坂町七五稲垣方に間借。赤門前の文信社で筆耕、午後は街頭布教や国柱会本部での奉仕活動など、高知尾の奨めにより猛然と童話を多作。八月、トシ（妹）病気の報に大トランク一杯の原稿を持って帰郷」といふのは賢治を語る人は誰でも知つてゐること。荒川はそれを、あへて無視してみせたのである。国柱会の布教活動は「杉並あたり」でこそなかつたが、事実として、賢治の行なつたところだつたから「へんなおじさんとして石の一つも投げられたであろうことが」あつたつて不思議ではない。

さうするとこの詩の、もつとも迫力あるせりふ「『美代子、石投げなさい』母。」といふのは、どういふ風に、詩としては、働いてゐるのだらうか。この辺が謎にみちてゐる。

ぼくなら投げるな　ぼくは俗のかたまりだからな
だが人々は石を投げつけることをしない
ぼくなら投げる　そこらあたりをカムパネルラかなにか知らないが
へんなことをいってうろついていたら
世田谷は投げるな　墨田区立花でも投げるな
所沢なら農民は多いが
石も多いから投げるだろうな
ああ石がすべてだ
時代なら宮沢賢治に石を投げるそれが正しい批評　まっすぐな批評だ
それしかない

彼の矩墨を光らすには
ところがちがう　ネクタイかけのそばの大学教師が
位牌のようににぎりしめて
その名前のつく本をくりくりとまとめ
湯島あたりで編集者に宮沢賢治論を渡している　その愛重の批評を
ははは　と
深刻でもない微笑をそばづゆのようにたらして

こんな風に詩は続いてゆく。読んでゐておもしろい詩であるが、どこか謎めいてもゐる。他の人が、この詩についてどう言つてゐるかを見てみようか。『荒川洋治全詩集』(二〇〇一年六月、思潮社)の栞から拾ふ。

ばくぜんとした印象でしかないが、荒川洋治はほぼ十年ごとに変貌してきた。(略)たとえば、あの話題になった「美代子、石を投げなさい」の方である。これを読んだ時、荒川さんもいよいよ危険水域に入ったな、という気がしてうれしかった。K点を越えなければことばは読者に届かない。しかし、それには危険がともなう。荒川洋治は危険な詩人になったのである。(北川透)

しかし、その、詩の世界から遠去かっているわたしの日に、ちらちらと、気になる言葉を発する詩人の姿が映った。いや、詩人の姿ではない。「気になる言葉」が目に映ったのである。（略）決定打は／「美代子、あれは詩人だ。／石を投げなさい。」／だった。その後も、荒川洋治は気になる言葉を発しつづけたが、わたしにとっての決定打はやはり、「美代子、あれは詩人だ。／石を投げなさい。」だった。（松本健一）

詩のやうやく半分ぐらゐまでやって来たところで、わたしには、「危険な詩人」と皆のいふ荒川洋治が、もう少し別な姿にみえてもゐるのである。アンソロジーを編むとしたら荒川の代表作に、「美代子、石を投げなさい」を選ばないだらう予感が、今のところわたしには強いのはなぜだらう。

荒川の詩の結び

「神楽岡歌会　一〇〇回記念誌」／二十代歌人特集に思ふこと

1　荒川洋治の詩の続き

荒川洋治の「美代子、石を投げなさい」は六十八行の行分け詩である。引用してゐない三十行を紹介するところから始めよう。

宮沢賢治よ
知っているか
石ひとつ投げられない
偽善の牙の人々が
きみのことを
書いている
読んでいる
窓の光を締めだし　相談さえしている
きみに石ひとつ投げられない人々が
きれいな顔をして　きみを語るのだ

詩人よ、
きみの没後はたしかか
横浜は寿町の焚火に　いまなら濡れているきみが
いま世田谷の住宅街のすべりようもないソファーで
何も知らない母と子の眉のあいだで
いちょうのようにひらひらと軽い夢文字の涙で読まれているのを
完全な読者の豪気よ
石を投げられない人の石の星座よ

とりあへずここまでである。「偽善の牙」の「牙」といふ比喩。「石ひとつ投げられない」といふ時の「石」。「横浜は寿町の焚火」といつた一般的でない地名。その焚火に「濡れている」といふ言ひ方。「石の星座」といふ時の「星座」。荒川の外の詩にも多く使はれる修辞。一見するとわかり易さうに見えてむつかしい。そこが荒川の詩を読むたのしさの源でもあるのだが。だから「美代子、石を投げなさい」は、単純なエッセイ詩（詩の形で書かれたエッセイ）ではない。なにかの意見を主張するだけの目的で書かれたものではない。荒川の詩人としての〈危険〉度は、その修辞の多彩さ、多義性、難解さにもあるのだ。

詩の最後の部分は次の十二行だ。

詩人を語るならネクタイをはずせ　美学をはずせ　椅子から落ちよ
燃えるペチカと曲がるペットをはらえ
詩を語るには詩を現実の自分の手で　示すしかない
そのてきびしい照合にしか詩の鬼面は現われないのだ
かの詩人には
この世の夜空はるかに遠く
満天の星がかがやく水薬のように美しく
だがそこにいま
あるはずの
石がない
「美代子、あれは詩人だ。
石を投げなさい。」

ここでも同じことが言へる。「曲がるペット」ってなんだらう。「鬼面」だと？　すると詩は鬼なのか。「満天の星」とはいへ「水薬」といふ比喩がつきそつてゐる。「石がない」とは投げられる「石」がないの意味だらう。すると「美代子」の投げる「石」によつて「かの詩人」は理想的な本ものの詩人になるといふのか。読んでゐるうちに、これは宮沢賢治に捧げられた最高のオマージュのやうにも（まさかそんなわけはないが！）錯覚させられて来たりするのだ。

2　神楽岡歌会から詩を考へる

「神楽岡歌会　一〇〇回記念誌」が出た。神楽岡歌会とはなにか。超結社の歌人の集会である。各自、短歌結社に所属してゐて、結社の歌会に出てゐるが、それ以外に月一回第二金曜日夜ひらかれる神楽岡歌会に出るわけだ。このことを超結社の会合と言つてゐる。

詩人と歌人との大きな違ひの一つに、短歌には結社があるといふことがあり、結社誌は大てい月刊であるから、少くとも月一回作歌の機会があり、出来不出来、巧拙を問はなければ毎月何首かの歌が出来る。詩人にはかういふ習慣はない。

記念誌の巻頭言で大辻隆弘は次のやうに言つてゐる。

> 「神楽岡歌会」は、二〇〇六年一月、超結社の有志が集まって発足しました。それ以降、ほぼ休むことなく月一回金曜日の夜、京都市内の会場で歌会を続けてきました。この小冊子は、この歌会が百回を数えたことを記念して企画・編集されたものです。
>
> 「神楽岡歌会」の原点は、岡井隆氏や永田和宏・河野裕子夫妻が中心となって開催された「荒神橋歌会」にあります。「塔」「未来」のメンバーが中心となり、一九九三年四月に発足したこの「荒神橋歌会」は、その後、他の結社の人々もまじえ一九九九年十二月まで六十回にわたり開催されました。その流れは、岡井氏が中心となった「左岸の会」に引き継がれます。「左岸の会」は、二〇〇〇年七月から二〇〇五年十月まで五十二回にわたって開催され、より多彩なメンバー

が集結しました。「神楽岡歌会」は、その二つの歌会の流れを汲んで発足した超結社の歌会です。

一般には、おそらく知られることのない、このやうな歌会を紹介しようといふのは、結社があるから超結社といふ考へが出てくること、そして結社誌と同じく月一回定期的に開かれる会合であることなど、詩壇では見られない風習だと知つてゐるからだ。

わたしは、自分自身も、この超結社の歌会でずい分鍛へられもしたし、なにより愉しみもしたのを思ふのだ。初め、森鷗外の「観潮楼歌会」を原型のやうに思つてやつてみたのだが、意外に長い期間続いた。

出席者の歌の無記名互選（作者名を伏せたまま印刷し、会者全員がその中から五首とか三首とか選び合ふこと）という形で歌会が進行し（略）提出された詠草は、モチーフ、韻律、イメージ、比喩、修辞、「てにをは」など、ありとあらゆる角度から出席者の批評に晒され、腑分けされ、分析されてゆきます。（大辻隆弘）

といつてゐる大辻氏自身、三重県松阪市の自宅から京都まで、自分の車を駆つて出席し熱心にこの会に出席し続けたことをわたしは知つてゐる。大辻氏だけではないが、この一連の長く続いてゐる歌会によつて育てられたといつてもいい才能が多くゐたのである。この記念誌には、三十五人の歌人が、十五首の作品を出して、短文を添へてゐる。

それ以前は、歌会を信用していなかった。（略）神楽岡も、そんな感じだろうと思って行った。全然違かった。なにを思ってどこをどうねじったのか、かならず誰かしらに見抜かれた。くやしかったし、うれしかった。（斉藤斎藤）

司会は原則的に発言に加わらない。発言禁止というわけではないが、立場上、自分の発言は後回しにしてでも円滑な進行と批評時間の十分な確保を優先した。かといって禁欲一筋であったわけでもなく、詠草の順序を工夫したり、わざと作風の違う人に意見を求めたり、いわば歌会の「編集者」的な役割に楽しみを見出してきたのである。（長く、司会者をつとめて来てゐる島田幸典の感想）

神楽岡はなぜおもしろいのだろう。考えてみるに、まずこの歌会では、全体の時間を出席者数で割って、一人当たりほぼ何分という割り当て方をしない。多く意見の出る歌についてはとことん、皆の気の済むまでやる。（中津昌子）

神楽岡歌会は刺激的でかつ居心地のいい歌会である。司会の島田幸典さんを中心に、他人の歌を尊重する気風が何年もかけて作られてきたからだろう。歌会が終わったあとに、居酒屋で短歌談義をするのも楽しい。みんな短歌についてよく知っているので、ぽんぽんと会話が飛んでいく

感があり、快いのである。（吉川宏志）

記念誌には「一〇〇回記念座談会　神楽岡あの夜の一首」（大辻隆弘・大森静佳・河野美砂子・島田幸典・中津昌子・林和清・吉川宏志・澤村斉美）も載つてゐる。

わたしは、最近はもう出席はできないが、ファクスで作品一首を送つてゐる。その時に、島田幸典さんと交はす情報交換をたのしみにしてゐる。

では、詩を作る人の間で、このやうな会合はなぜ成立しないのか。

一つには作品が長いといふことがある。十人の人が集つて十篇の作品を提出したとしても、それを印刷し、それを読む手間を考へると、即席で批評会を開くのが困難だらう。それに、無記名といつたつて、長い詩（たとへば、荒川洋治の詩）は、すぐに作者がわかつてしまふ。作者を予想しないで、自由に批評し合ふことは不可能だらう。

短歌が、定型短詩であるといふこと、つまり、詩と歌とのあひだには、長詩と短詩といふ長短の差だけでなく、定型詩対自由詩といふ、大きな差異があるのだ。

では、たとへば、十四行詩《ソネツト》とか、四行詩とかバラードとか西欧や中国の古詩に由来する定型詩を作り合ふやうな会合はどうだらうか。一九九〇年代の終りごろ、岩波書店の世話で、小林恭二氏の司会による「乱詩の会」といふのが開かれたことがあつた。あの場合も、無記名互選の批評会だつた。それが成立しえたのは、やはり、定型・短詩だといふ条件によつたものだらう。

現代にさうした試行は、ありえないだらうか。直接会つて批評し合ふところに、意味があるので、噂にきくツイッターとかブログによる批評会とは、成り立ちが違ふのである。

3　二十代歌人に望むこと

『短歌』二〇一五年四月号の「次代を担う20代歌人の歌」といふ特集について言へば、大体は予想通りとはいへ、考へるところは多かつた。

作品そのものについては（わたしの担当した二人以外の人でも）それほど途まどふことはなかつた。作品に技術的な出来不出来があるのは当り前だし、頼まれて作つた側も、その批評をした側も、その日その時の運はそれぞれだらう。

わたしは〈読者が若手の作品を読むときにその手助けになるやうな配慮をする〉といふ方針で読んで行つた。

いくつかの問題に気付いた。

一つは二十代歌人が、短歌の近代史、現代史についてどのやうに考へてゐるのか。それを自分たちの歌論（短歌とはなにかといふこと）としてはつきりと自覚してゐるのかどうか。この十人の人による長篇の論文をわたしはまだ見たことがない。それなくして自分の歌を作ることはできない、とわたしなどは二十代のころ思つてゐた。

最近、関川夏央の『子規、最後の八年』（二〇一一年、講談社）が、文庫本になるに当り、その解説を書くことになつた。わたしは四十代で書いた『正岡子規』（一九八二年、筑摩書房）を、ついでに再読した。たとへば、今の二十代の歌人たちの作品は七首〈連作〉といふ形をとつてゐる。

この連作といふ制作形式は、簡単な経過で成立したものではない。七首たのまれたから七首並べてみたといふのでは、近代短歌の歴史についてあまりに無自覚である。関川氏の力作評伝にも、子規が、伊藤左千夫、長塚節といふ二人の弟子の存在の間で、創作の方向をひろげていくさまが、画かれてゐる。

わたしの『正岡子規』にも表示してあるやうに、子規は、短歌、俳句の他に漢詩や新体詩（西欧の影響下に生まれた自由律詩）を作り、その中から次第に短歌と俳句に集中していくのである。さうしたことを、わたしたちは、二十代のころから自前で評論を書くことによつて、自分たちの創作の根拠としたのである。

若い歌人たちを見てゐると、定型詩としての短歌についても、正岡子規にはじまる連作についても、すべて、先人たちの長いあひだの研究に守られて育つてゐるやうな危ふさを感じてしまふのは、わたしだけであらうか。

ひるがへつて思へば、多種の詩型を試作した文人の始祖として正岡子規は、もう一度問ひ直していい存在だ。

あとがき

本書は角川『短歌』の二〇一三年一月号から、連載した「詩の点滅—現代詩としての短歌」の二十五回分を、一冊にまとめたものである。

わたしたちは短歌を作つてゐる。しかし、ただ短歌界、いはゆる歌壇の状況を見てゐるだけではない。お隣りのジャンルとして俳句や川柳の世界にも関心を抱いて来た。

それと同時に、いはゆる現代詩の世界でどのやうな作品が作られ、話題になつてゐるかといふことについても興味を抱いて来た。

短歌、俳句、川柳が定型詩とよばれるのは一定の音数律をもつからである。これに反し詩は自由詩とよばれてをり、定型を持たない。長さも自由である。同じ日本語で作られてゐるのに、このやうなジャンル別の詩が、なぜ存在するのか。

定型詩と自由詩との境界はどこにあるのか。同じ詩人でも、自由詩を書いたり、短歌または俳句を作ったりする人がゐるが、さういふ人の作る作品のあひだに、どのやうな関係があるのだらうか。

さうしたさまざまな疑問を、いまわたしたちの目の前に発表されてゐる詩集や歌集や句集を話題にしながら、一作一作、なるべく丁寧に読みながら考へてみたい。さういふつもりで、この連載評論は書かれた。

毎回、枚数は四〇〇字詰で約十二枚であるから、充分に論じつくし得たとはいへないし、一回ごとに二つ三つのテーマを扱ふとなるとなほさらである。また、新しく出版されてわたしの机上に届けられる本や雑誌は、毎月かなりの量に及ぶ。その中からなにを選んで話題にするかについては、わたし個人の好みにもかかはるだらう。

また、月一回、数日を用ゐて論を書くわけであるから、一回と次回との間の約一箇月のあひだにいろいろの経験をする。講演、講座、研究会、歌会、また作品制作などがあるから、その影響もうけるわけである。月刊誌への連載の、ある意味でおもしろいところ、そして危ふいところはその辺にもあるる。

読者は、通読していかれて、さまざまな疑問を抱かれるに違ひない。それは当然といへば当然である。書いてゐるわたし自身、つねに考へをぐらぐらと揺り動かされながら書いてゐるからである。

あへていへば、さういふ生ま生ましい詩歌の現場報告として、読んでいただけることを、わたしは願つてゐるのである。

なほ、此の連載は、今現在も続いてゐる。毎回試行錯誤しつつ、書き継いでゐる。興味ある方は、ぜひお読みいただきたく、お願ひいたします。

＊

いよいよこの本も再校が終り、本になるといふ段階に来た。途中で体調を崩して休載になつた時など、特に、編集長の石川一郎さんはじめスタッフの方にお励ましをいただいたことを思ふのである。毎度、わたしの文を校閲して下さる小林由季さん、前任者の方からひき続いて、いろいろご教示を得てゐるのに感謝する。本にする段階では打田翼さんに書名・著者名索引と人名索引を作つていただいた。角川『短歌』編集部の方々との共同作業の上に出来上つた本であることを思ふのである。

岡井　隆

二〇一六年五月十五日

【書名・著者名索引】

【人名索引】

岡井隆（おかい・たかし）
1928年名古屋市生まれ。「未来」編集・発行人。歌集『禁忌と好色』により迢空賞、詩集『注解する者』により高見順賞を受賞。『『赤光』の生誕』など評論集多数。2007年より宮内庁御用掛。日本藝術院会員。

詩《し》の点滅《てんめつ》　詩《し》と短歌《たんか》のあひだ

2016年7月25日　初版発行

著者／岡井《おかい》　隆《たかし》

発行者／宍戸健司

発行／一般財団法人 角川文化振興財団
東京都千代田区富士見1-12-15　〒102-0071
電話 03-5215-7821
http://www.kadokawa-zaidan.or.jp/

発売／株式会社 KADOKAWA
東京都千代田区富士見2-13-3　〒102-8177
電話 0570-002-301（カスタマーサポート・ナビダイヤル）
受付時間 9：00 ～ 17：00（土日 祝日 年末年始を除く）
http://www.kadokawa.co.jp/

印刷製本／中央精版印刷株式会社

ISBN 978-4-04-876371-4　C0095